樹林舎叢書《じゅりんしゃそうしょ》

九十翁のことわざ人生

安藤 邦男

人間社

目次

はじめに…… 8

エピソードの巻

教えることと学ぶこと…… 12

教師の言葉は風に舞う種子
――よい種子はよい収穫をつくる〔英〕

三つのカルチャー・ショック
――人の振り見てわが振り直せ〔和〕

教師は夢に向かって奮闘する
――意志のあるところに道は開ける〔英〕

忘れられない体験…… 27

ロマンの山、富士
――友と酒は古いほどいい〔英〕

怪我っぽい男
――跳ぶ前に見ろ〔英〕

東日本大震災に思う
――天災は忘れた頃にやってくる〔和〕

皇居で勤労奉仕
――君心あれば民心あり〔和〕

日常生活のいろいろ …… 48

ヒゲの命は三か月
——あごひげを生やしても哲学者にはなれない（英）

さらば、ペダラよ
——何ごとにも潮時がある（英）

「待った」の報い
——やってしまったことは取り返しがつかない（英）

信じ込みの悲喜劇 …… 61

悲しき男の性《さが》
——人は誰でも自分を最も愛する（英）

幻想の水割り
——奇跡はそれを信じる人に起きる（英）

それは一本の電話から始まった
——悪魔は目的のために聖書を引用する（英）

メガネの弁償代
——盗む機会があるから盗人が生まれる（英）

サプリメント騒動記
——どんな失敗でも成功への踏み石である（英）

家族を語る …… 90
息子たちの歩む道
――リンゴの実は木からあまり遠くへは落ちない（英）
名前にまつわる話
――バラはどんな名前で呼んでもよい香りがする（シェークスピア）
亡くなったきょうだい
――血は水よりも濃い（和）
われらが夫婦 …… 102
飼い犬はどっちだ
――正反対は惹き合う（英）
ヘビのとなりにイヌがいる
――縁は異なもの（和）
結ばれる糸と結ばれない糸
――縁組みは天国でなされる（英）
妻への感謝状
――よい妻はよい宝（英）
小さな奇跡に出会う妻 …… 119

もどってきた自転車
――天網恢々疎にして漏らさず（老子）
姿なき救世主
――自己保存は自然の第一の法則（英）
息子が帰ってきた
――子どものことで幸せな者は本当に幸せである（英）

エッセイの巻

教師時代の著述 …… 130
最善の読書の方法
――思考のない読書は消化のない食事と同じ（エドモンド・バーク）
弱さがあるから成長する
――艱難汝を玉にす（和）
厳しさに堪える力を
――人生は自分でつくるもの（英）
形から心へ
――立派な外観が人を作る（英）

一冊主義の教え
――二兎を追う者は一兎をも得ず（英）
蛍雪の功なりて卒業
――歳々年々人同じからず（劉廷芝《りゅうていし》）

わがパソコン歴 …… 144

パソコンとのつきあい
――好きこそ物の上手なれ（和）
インターネット功罪談義
――一利あれば一害あり（和）
人間とAIとの勝負
――仏作って魂入れず（和）

戦争と向き合う …… 156

わたしの受けた敗戦の痛手
――国破れて山河あり（杜甫）
われはハイブリッド人間なり
――どんな問題にも二つの側面がある（英）

人生を考える …… 167

サ行が男の生き様だ
——当たって砕けろ（和）
贋作「侏儒の言葉」
——巨人の肩に乗った小人の方が遠くまで見渡せる（ニュートン）
囲碁人生論
——囲碁は調和である（呉清源）
性格分類の功罪
——汝自身を知れ（英）
人は忘れてこそ
——無知は至福である（英）
大往生の風景
——わが生涯に一片の悔い無し（英）

創作 …………………………………… 204
（童話）　少年とヘビ
（小説）　ラブレターのトレース

おわりに …………………………………… 222

はじめに

教師を生業としたわたしが、一方でことわざ研究にのめり込んだのは、一つにはことわざのテーマを分類することやその知恵を体系化することに興味があったからですが、しかしそれだけではなく、もう一つもっと大きな理由があります。それはことわざといういわば知恵の巨大な集団の中に自分と同質のものがあることを知り、一つ一つのことわざを読むたびに心に響くような親しみと一体感を感じるからです。もう少し具体的にいえば、本書の中の「われはハイブリッド人間なり」の文章を読んでいただければ分かりますが、わたしの中には思想的にも性格的にも互いに反発し合う異質な傾向が存在しており、それはことわざの発想の中にある対比や矛盾や逆転からものを見る方法と通じ合うのです。

そうだとすれば、自分の書いたものにはことわざ的考え方があるに違いないと思い、あらためてここに集められた文章を読み直しますと、ことわざの発想と同じもの、よく似たもの、あるいは名言に当てはまるものなどがあることに気づきました。そこでわたしはすでに書き上げたそれぞれのエピソードやエッセイに、相応しいことわざや名言を付けてみました。中には牽強付会と思われることわざがあるかもしれませんが、おおむねはその行動や思想がことわざや名言の具体例となっているのではないでしょうか。

本書を通読してみると、わたしの人生はことわざの知恵の中で過ごしているにすぎないと感じるのです。喩えていってみれば、お釈迦様の手のひらの中で動き回っていた孫悟空のようなものです。それはわたしが意識的にことわざの教えを守ったというより、むしろことわざの知恵は人間のどんな思想や行動をも説明できるほど大きいことを表しているからです。

ここにはわたしが九十年にわたって経験したエピソードの数々と、ときどきの思いの丈を綴ったエッセイが集められていますが、それらのものをことわざの知恵との関わりで読んでいただければ著者としては幸いに思います。

※本書では各エピソードやエッセイの副題の隣にことわざを配しました。(和)は日本のことわざを、(英)は英語のことわざを示しています。英語のことわざについては、敢えて和訳で表記しました。原文に興味のある方は、ホームページ「英語ことわざ教訓事典」をご参照ください。

エピソードの巻

《教えることと学ぶこと》

教師の言葉は風に舞う種子

——よい種子はよい収穫をつくる（英）

好きな英詩のひとつに、ロングフェローの「矢と歌」がある。
天に向けて射た矢は遠くへ飛び去り、風に向かって囁いた歌もどこかへ消えていった。しかし何年か後、無くなったはずの矢は森の樫に刺さっていたし、歌は友の心の中に残っていた、というのである。

The Arrow And The Song

I shot an arrow into the air,
It fell to earth, I knew not where;
For, so swiftly it flew, the sight

矢と歌

空に放ちしわが征矢《そや》は
あわれいずこに落ちにけん
疾《と》きいきおいにまなこすら

Could not follow it in its flight.

I breathed a song into the air,
It fell to earth, I knew not where;
For who has sight so keen and strong,
That it can follow the flight of song?

Long, long after ward, in an oak
I found the arrow, still unbroke;
And the song, from beginning to end,
I found again in the heart of a friend.

Henry Wadsworth Longfellow

その行く末を見ざりけり

空に唱《とな》えしわが歌は
あわれいずこに落ちにけん
いかに目ざとき人とても
声の行くえの見えんやは

遠くそののちかしの木に
矢はまだ折れでとどまりぬ
歌のもと末ふたたびも
友の心にあらわれぬ

ヘンリー・ワズワース・ロングフェロー
（南日恒太郎訳）

(1) 褒めたり、叱ったり

教室で教えた事柄や話した言葉も、この歌のように、いつまでも教え子の心の中に残ってほしいと思う。だが、現実はそうはいかない。しばらくは記憶に留まった言葉があったとしても、長い年月がたてばいつか消えていくものである。

しかし、ときには自分の蒔いたタネが教え子の心に残っていることがある。教師冥利に尽きると思うのは、そんなときである。

ある高校のクラス会の席上、貿易会社に勤めている教え子が言った。

「僕は英語が嫌いでしたが、先生のひと言でいっぺんに好きになりました。お陰でいま、英語が役だっています」

「なに、なに? そのひと言って?」

隣にいた彼の友人が割り込んできた。

「『お前がこんなに英語ができたなんて、知らなかったよ』というひと言——」

「それ、バカにされてるんじゃない」

と、友人。

「そう、悔しさもあったけど、いちおう認められたからね。やっぱり嬉しかったですよ、先生」

学習指導の成功法は、褒めるにかぎるようである。


女子クラスの同級会である。

「わたし、体操の時間をさぼって体育の先生にさんざん怒られたけど、担任の安藤先生は少しも叱らなかったわ。それでいっそう反省したの」とA子。

「そうよ。先生は叱らなかったから、みな先生の言うことはよく聞いたのよ」とB子。

「それはね、その必要がなかっただけだよ。その後で受け持った男子クラスは腕白坊主ばかり。しょっちゅう叱っていた」とわたし。

この女子クラスを担任したのはまだ独身時代のことで、実をいえば女の子を叱る度胸がなかっただけの話である。


若い頃のことだが、ある日、卒業以来何年ぶりかで、教え子が訪ねてきた。きれいな女性を連れている。結婚したばかりだという。

「先生、僕を叱ったこと、憶えていますか?」

「ああ、憶えているよ」

忘れようにも、忘れられない事件であった。思い出すたびに、悔恨が胸を噛んだ。

「本当に、いろいろ迷惑をかけました。でも、あんなに真剣に叱ってくれたのは、先生が初めてでした」

受け持ってから半年後の九月、彼は高校を二年生半ばで退学した。

夏休みが過ぎ、遊び癖がついたのか、欠席が目立ち始めた。母親を呼び出したりして、何度も注意した。一度は、心配した母親がわが家まで訪ねてきたことがある。もっときつく叱ってくれと言う。翌日か翌々日、学校で彼を特別室に呼んで注意した。反抗してきたので、大声で叱った。殴る寸前までいった。彼はそのまま学校を飛び出し、二度と戻らなかった。

母親が退学届けを持ってきたのは、それから一か月ほど後のことであった。聞けば、ナイフを持ち出し、担任を殺し自分も死ぬ、と言って騒いだという。いまは落ち着いたから、当分、家庭で面倒をみたいとつけ加えた。

「ところで、今どうしているの？」

「小さな運送会社を経営しています。こいつと一緒にですが――」

そう言って、可愛い奥さんの方に目をやった。

二人を送り出し、戸口で見送った。何度も振り返り、手を振っていた姿を思い出す。そしてその姿が涙で滲んで見えたことも――。

教師の言葉は、いわば植物の種子である。しかしそれは、風に舞う種子である。どこに舞い落ちるかわからない、タンポポの綿毛のようなものだ。

それでも、教師は語り続ける。いつか、どこかで、その種子が芽を吹き、立派に育ってくれることを夢見ながら――。

（2）説いたり、諭したり

ものを教えるだけが教師の務めではない。ときには人の道を説いたり諭したりすることもある。だが、その言葉も風に舞う種子、しっかり受け止められ、まともに芽を出すことはまれである。ほかの種子と交配してか、思わぬ変種の花を咲かせることがあるし、またスギ花粉のようにそれに接したものにアレルギーを引き起こすこともある。


教師になって初めて受け持ったクラスのOB会であった。

「先生は『悪友のすすめ』というのを説かれましたね」

「え！　そんなこと言った？　言うはずないだろ、教室などで――」

生徒というものは、教科書に書いてあることはなかなか覚えないくせに、脱線の余談だけはよく記憶しているものだ。当の教師がすっかり忘れているというのに――。

「でも、確かそう言ったよね」と、隣席の友人に念を押す。

「いった、いった、確かにそういった」と、友人は続ける。

「なんでも良友というのは通り一遍の付き合いで、当てにならない。そこへいくと悪友は、たとえ地の果て地獄の底までも付き合ってくれる。『君たちも悪友になれ』って——」

「いまなら懲戒ものだね、この先生の言ったこと——」

「でもさあ、本当だよ。ここに優等生いるか？　先生を囲んでいるのは、悪友ばかりじゃないか」

悪友が悪友に語りかけていた。怖いもの知らずの、新任教師時代の話である。


ある学校で生活指導部を担当していたとき、わたしは問題行動を起こした生徒によくお説教をしたものである。

「囲碁に『三手読み』というのがある。初めに自分が打った手に相手はどう応えるか？　それに対して三手目はどうするか、つまり三手先まで読んだうえで、最初の一手を打つのだ」

訓話の材料を、その頃余暇に楽しんでいた囲碁から取った。

「ディベートの仕方も同じだし、日常の行動もそうだ。自分の言動に対して相手がどう反応するか、さらにそれにどう対応するか。そこまで考えて行動をしたら、そんなに軽率な行動は取れないはずだ」

ところが、生活指導部の反省会で、ある後輩の教師が言った。

「それって、悪知恵の働く人間になれ、ということじゃありませんか。少なくとも計算高い人間にはなりますね。本当の善人は結果の損得は考えずに行動するものですよね」

もっともだと思って、その説教は止めにした。知識を与えるのはやさしいが、適切な教訓を与えることはむつかしい。まして、彼らの心を動かすことはさらにむつかしい。


二学期が始まったばかりの九月のある日、昼食時に緊急の職員会議が招集された。

「先ほど親から連絡が入ったのですが、×年×組のB君が自殺しました」

教頭の声は緊張していた。続いて担任が、発見されたときの様子や日ごろの彼の性格などを説明し始めた。そして、遺書もないし、動機はわからないとつけ加えた。

動機と聞いて、ハッとした。ひょっとすると――、わたしの心臓は音を立てて鳴った。いや、まさか！　しかし、絶対無いとはいえない。B君のクラスで話したことが、彼の自殺の引き金にならなかったという保証は――。

その前日、彼の教室に入って座席を眺めると、空席が目立った。

「四人も欠席だね。休み癖がついたのかな」

これから二学期が始まるというのに、こんなに欠席が多くてはと、心配が先立った。ここはひとつ、お説教でも始めるか――。

「今日休んだ人は、やはり自分に負けている。休みたい気持ちはわからなくはないがね。ぼくだって、学生時代、夏休みや冬休みの後は学校がいやだったけど――」

「同じです、先生」

と、一人の女子生徒が挙手をした。

「わたしも中学三年生のとき、九月に学校がいやで、いやで、いっそ死んでしまいたいと思ったほどでした」

「ほう、でもキミは立ち直ったね。それで思い出したが、××高校では、去年の九月早々、自殺した生徒がいたそうだ。でも、自殺だけは駄目だ。自殺するくらいなら、まだ登校拒否の方がましだね。努力すれば治るから――」

自分としては勇気を出せといったつもりであった。しかし、不用意に持ち出した自殺の話を、利発で、感受性の強いB君がどのように受け止めたかは、知るよしもなかった。

その日、親しい同僚を誘って行きつけの飲み屋へ寄った。

「そんな自殺の話ぐらいで、人間ひとり死ぬなんて、あり得ないよ」

同僚は慰めてくれたが、B君の死を悲しむわたしの気持ちは滅入るばかり、その夜はしたたかに飲んだ。

齢四十代の半ば、まだ残暑厳しき頃の出来事であった。

三つのカルチャー・ショック
——人の振り見てわが振り直せ（和）

カムカム小父《おじ》さんこと、平川唯一さんのラジオ英会話をはじめて聞いたのは、終戦の年の翌年、わたしが旧制中学五年生のときである。ラジオから軽快なメロディーに乗って美しい英語の歌声が流れ出すと、夢中になってラジオにかじりついたものである。「これが英語である」と思い込んでいた既成概念は、平川さんの英語で見事にうち破られてしまった。それが最初に体験したカルチャー・ショックであった。

昭和三十年ごろになると、リール式のテープレコーダーが市場に出まわりはじめ、勤務先の学校にも二台入った。新しいテープレコーダーは、引っ張りだこだった。そんな頃のある日、宿直になったわたしは備品係の先生に頼んで一台貸してもらい、宿直室で恐るおそるテキストの英語を吹き込んでみた。再生してみてわが耳を疑った。テープから流れた声は、日ごろ聞き慣れていた自分の声とはまったく違っていた。さらに驚いたことに、英語の発音ときたら手本にしていたカムカム小父さんのそれとは似ても似つかぬものであった。落胆は大きかった。それが、自分自身の声から受けた第二のカルチャー・ショックであった。

昭和五十年代に入ったある年、一冊の書物との出逢いがあった。私塾で学童たちに英語を教えていた主婦、中津燎子さんが著した『なんで英語やるの？』である。大宅壮一ノンフィクション賞を受賞したこの名著を読んで、目から鱗が落ちる思いをした。英語学や音声学の専門家たちが教えてくれなかった音作りの秘訣を、体験から得た洞察力で見事に手ほどきしてくれていたからである。

中津式発声法を学んだわたしは、その頃すでにカセット式になっていたテープレコーダーを購入、録音した自分の声を外国人の声と照合、矯正することに熱中した。その甲斐あってか、それまで心の中にくすぶっていた発音に対する劣等感は、次第に吹っ切れた。以前の授業では、外国人吹き込みのテープばかり使っていたが、その頃にはリーダーの音読はすべて自前の肉声でやるようになっていた。

とは言っても、わたしには長く持ちつづけている悩みがあった。子音はできても母音の発音が今ひとつうまくできないことである。これは、すべての日本人に共通する悩みでもあった。五種類しかない母音に慣れた日本人が、十種類もある英語の母音を発音するのはどだい無理な話である。それはもう、日本人の宿命と諦めるしかないと思っていた。

ところが、これがわたしの偏見であることを知った。平成十九年の暮れ、エチオピアから一年ぶりに帰ってきた孫たち（小六男児、小二女児）が口にする英語を聞いて、妻が言った。

「あなた、この子たちの英語、聞いた？　外国人並みよ」

「まさか――」

と返しながら、試しに手許にあった英語の絵本を読ませてみて驚いた。

妻の言うことは本当だった。英語の発音は、たしかに母音といい、イントネーションといい、日本人訛りの英語ではなかった。発音に限れば、わたしが何十年もかけて到達したレベルより、かの地のインターナショナル・スクールで一年かけて学んだ彼らのレベルのほうが上であったのだ。それはわたしにとって、第三の、しかし嬉しいカルチャー・ショックであった。

若い頃に受けた二度のカルチャー・ショックから、わたしはそれぞれ技能向上に役立つ大きな刺激を受けてきた。しかし三度目のそれからは、もう自己の能力に資するようなものは望むべくもない。ただ爺バカよろしく、ひたすら孫たちの成長を楽しみにするばかりである。

教師は夢に向かって奮闘する

——意志のあるところに道は開ける（英）

四月は、テレビの番組が改編される月である。あまりテレビを見ないわたしも、年度初めには期待を込めて新聞のテレビ欄を漁る。そんな中で平成二十四年四月、たまたま目にとまった番組があった。「ブラックボード ——時代と戦った教師たち——」である。TBS制作のこのドラマは、オムニバス形式のシリーズ。題名に惹かれて、その夜から続けて三夜見ることにした。

三編は、それぞれ主人公も時代背景も異なっていたが、そこには共通するモチーフがあった。

それが「ブラックボード」、そのままタイトルになっている。毎回、それぞれの教師が思いを込めて、黒板にメッセージを板書するのだ。初回が「未来」、次が「生きろ」、最終回が「夢」であった。

そして毎回、わたしは画面に引きこまれた。とくに教師と生徒の葛藤の場面では、年甲斐もなく胸を熱くした。むろん、劇中の人物に激しく感情移入したこともあったが、それよりも彼らの中にわたしは自分自身の姿を見ていたからである。

第一夜の櫻井翔演じる青年教師は、中学生の前で絶叫する。

「この戦争はかならず勝つ！　勝つ以外に日本の未来はない！」

その言葉に応えて陸軍士官学校や海軍兵学校に志願した中学生たち。しかし、必勝を信じた戦争に負けた！　屈辱と痛恨が激しい怒りとなって、教師に向けられていったのは当然であった。

ドラマは教え子を戦場に送り、死なせた教師の苦しみを中心に展開していた。だが、わたしの関心の的は、教師ではなく中学生たちであった。教師を信じ、裏切られた中学生は、あの頃のわたし自身だった。わたしは彼らであり、彼らはわたしだったのだ。

見入りながら、わたしは自分の中学生時代を思い出していた――。そこには、前言をひるがえし、恥じることのない教師たちがいた。それは、その後わたしを襲った人間不信と虚無主義の原点であった。

成長期に時代の影響をもろに受け、その人間不信から脱却するのに悪戦苦闘したのはわたしひとりではない。身を持ち崩し、脱落していった友人も何人かいた。「時代と戦った」のは教師ばかりではなかった。むしろわれわれ生徒が、その主役ではなかったか。

第二夜では、校内暴力の吹きすさぶ教室に、佐藤浩市演じる中年教師がいた。時代は一九八〇年代、バブル経済は爛熟期に入ろうとしていた。世の中の全体が、豊かさを求めて狂奔、それに呼応するかのごとく教室も荒れに荒れた。手こずったその教師は、力に対するに力をもってし、ついに暴力教師の汚名を着ることになる。しかし、悪評何するものぞとばかり、彼は自分の信念を貫き通すのであった。

第二夜の中年教師に対しては、わたしは前夜の青年教師に対するのと違って、全面的な共感を覚えていた。それはたぶん、わたしがニヒリズムを克服し、教育活動に専念するようになった年代が、その中年教師の年代と重なり合っていたからである。わたしは彼の真摯な姿に自分自身を投影し、彼を取りまく厳しい環境の中で、喜怒哀楽をともにしていた。

ちょうどドラマの背景と同じ頃、わたしの勤めていた学校でも、七〇年安保闘争が収束し、無力感から退廃ムードが広がっていた一方で、若者たちの抑圧されたエネルギーは、出口を求めて暴力的傾向を帯びはじめていた。式典などの集団行動の場では、紙飛行機の飛び交う光景が見られたし、わたし自身、生徒たちの座り込みや授業放棄に遭遇したこともあった。身体を張って生徒の行動を阻止したり、たしなめたりしなければならない状況があった。

反抗的になる生徒を指導するのは、容易なことではないことを実地の体験で知ったのもその頃であった。それは魂と魂の格闘であり、ある場合には力と力の対決であった。まさにそれは戦いである。だが、教師の戦いの相手は、実は生徒ではない。生徒は時代によってつくられ、そして時代の体現者である。彼らの背後には時代がある。その意味で、ささやかながらわたしも「時代と戦った」と思っている。

第三夜は、松下奈緒演じる若き女教師の奮闘記であった。

冒頭、英語教師の彼女は、黒板に「ＭＹ　ＤＲＥＡＭ」（「わたしの夢」）と書いている。だが、誰一人として彼女の話を聞く者はいない。そこには、現在、多かれ少なかれ見られる学級崩壊の原風景があった。そして、彼女の闘いがはじまる――。

教師の話を聞かない生徒たち、そんな現実を経験しない教師は、わたしの教職歴の中にはいなかった。とくにそれは、バブル崩壊以後にいっそう激しさを増してきたように思う。教師は、何とかして彼らを自分の話の中に引き入れようとする。手を変え、品を変え、四苦八苦する。そこに、教師の腕の見せ所があるが、しかし悲しいかな、教師は限界の壁に突きあたる。教師の力を超えた時代という大きな壁に――。教師が無力感に襲われるのは、そんなときである――。女教師の苦悩にゆがんだ顔を見詰めながら、わたしはそんな考えにとらわれていた。

三夜を見終わって、わたしは考えている。人間は時代の中に生まれ、そこに生き、そして死んでいく。人間は時代と不可分の関係にある。だからこそ時代が見えないし、意識できない。ちょうど空気が見えないし、意識できないのと同じように――。しかし、あらゆる人間の営みの背後に、実は時代があるのだ。このドラマは、教師が背にするブラックボードの後ろにも、厳として時代が存在することをあらためて気づかせてくれたと思う。

《忘れられない体験》

ロマンの山、富士
——友と酒は古いほどいい（英）

「お前、富士山に登ったって？　ほんとか？」

年に一度行われる中学校同窓会の席上、隣り合わせたHがそう尋ねた。

「うん、Yと一緒にな」

わたしが答えると、向かい側に座っていたYが話を引き取った。

「そうだよ、俺が誘ったんだ。彼、初めは渋っていたんだが……」

五十年以上も前の話である。新米教師のわたしは夏休みを待ちこがれていた。そんな七月のある日、小学校の教師をしているYから電話があった。今度富士山に登ることになったが、一緒に行かないかという。

初めは断った。中学生の頃から心臓弁膜症だったわたしは、専門学校、大学を通して運動らしい運動をしたことがなかったし、登山と名のつくものにも縁がなかった。それがこともあろうに富士山とは――。

しかし、Yは強引に勧めた。

「大の男が何言っているんだ。か弱い女性が二人行くというのに――」

それがとどめの言葉となって、わたしは折れた。男としてのメンツもあったし、ロマンスの期待もないわけでなかった。

計画では、東海道線とバスを乗り継いで富士吉田まで行き、夜を待って一合目から出発、ひと晩かけて登山、山頂で御来光を拝むことになっていた。

一行はわれわれ男性二人、それにYと同じ小学校の女性事務員とその女友達、計四人である。

「え？　若い娘が二人もついて行ったって？　親がよく許してくれたものだね」

と、話を聞いていたHが言葉をはさむ。

「そりゃーそうさ。Y先生、彼女らに信用されていたんだよ」とわたし。

「そうでもないよ」とYは否定し、言葉を続ける。

「出発の朝、駅に娘のオヤジさんが一人来ていたからね。見送りというより、われわれ男たちを観察に来たんだよ」

若い男二人と適齢期の娘二人の二日がかりの登山旅行、親なら心配するのが当然である。

「それにしても大変な登山だったなー。頂上で御来光を拝む予定が、着いたら正午近かったからね」

Yが思い出しながら言う。

「俺のせいだよ。俺がみんなの足を引っ張ったんだ」とわたし。

「いや、娘たちもへたばって、途中で休んでばかりいたからな。それに、山小屋の一件もあってねー」

とビールを干しながら、Yは続ける。

「――あのときは参ったよ」

たしか、五合目か六合目あたりに粗末な小屋があり、疲れた一行はそこで休むことになった。中には囲炉裏があったので、側にあった薪を焚いて暖をとった。みんな眠りこけたらしい。突然、男の声に夢を破られた。

「人の家に勝手に入り込んで、焚き火までするとは何ごとだ！」

と怒鳴られた。這々の体で逃げ出したことを憶えている。後で聞くと、世慣れたYは薪代に若干の迷惑料を上乗せして謝り、その場を収めたという。

そうこうしているうちに、夜は次第に明け始め、遙か空の彼方に頂上が見えた。やっと七合目か八合目あたりに来たのだろうか、見上げると、ジグザグの登山道には人の群れがアリのように動いている。

曇天のせいだったか、山かげに遮られたためか、朝陽の姿はなかった。空気が薄く、少し歩くとすぐに息切れがする。何度も路傍の岩に腰をおろしながら、登り続ける。山頂に着いた頃には、午前十一時を過ぎていた。

「なるほど、遅れたわけだ。それで、山頂はどうだったね」

とHが尋ねる。

「それが幻滅よ。御来光が拝めなかったのは諦めるとしても、ゴミだらけだったのには閉口した」

その後二度富士に登ったと語るYは、あのときが一番汚かったという。

「そうだな。俺の記憶にある山頂も、むき出しの岩肌が延々と続き、草一本もないんだ。殺風景そのものよ。やっぱり、富士は麓から眺めてこそロマンだよ」とわたし。

「そうか、室生犀星の〈ふるさとは遠きにありて思ふもの〉と同じか」

と文学趣味のHが論評した。

「でもな、下山のときの砂走りは最高だったよ。あれで救われたね」

わたしの正直な感想だった。急斜面はひと蹴りすると、フワーッと四、五メートルは跳ぶ。柔らかい砂地はその度にザック、ザックと心地よい音を立てる。まるで天空を駆ける鳥のような爽快さだった。

「登りは地獄で、下りは天国だったな。でもね、降り切ったとたん、また地獄だったよ」

なにしろ、十数時間をかけて登った山を、二、三時間で駆け降りるという無茶が祟った。砂走り道の麓に着いたときは、四人とも動けなくなっていた。

とくにわたしはひどかった。金剛杖にすがってやっと立ち上がったものの、足が出ない。無理に出すと、ガクガクッとくる。膝が笑うとはこんなことかと、はじめて知る。さすがのYも、応えたようだ。

しばらく休んで出発したが、両脚を引きずってトボトボ歩く一行の姿は、敗残兵さながらだった。多分、須走口あたりだったろうと思う。登山客のための宿泊旅館や休憩施設が何軒も並んでいた。Yの提案で、とある温泉旅館に入り休むことにした。風呂に入って砂を洗い流した。温かい湯が身体に沁み、ホッと一息ついた。

「おいおい、変なマークの怪しげな旅館じゃないだろうな」

とHが混ぜかえす。

「あたりまえだよ。山男用の健全温泉だ」

とYが真顔で答える。

「結局、娘の親の心配したような事件は起きなかったんだ」

と、Hはやや物足りなげな顔である。

「それに、ロマンスも生まれなかったしね」

と言いながら、わたしは二人の同伴女性を思い出そうとしていた。一人は茶目っ気のある明るい娘さんで、もう一人はしとやかなお嬢さんタイプだった。しかし残念ながら、面影が浮かばない。

「いや、後日談はあるのだがねー」といって、Yはコップのビールをぐいとあおった。

Yによれば、女性事務員はその後、しばらくして学校を辞めて結婚した。Yもいくつかの学校を転任し、何年か経った。

そしてある学校へ赴任したとき、彼女から突然電話があった。懐かしかったYは一度学校を訪ねるように誘ったが、やんわり断られたという。

「彼女、何と言って逃げたんだい」

その話は初耳だったので、わたしは尋ねた。

「『今は幸せだから――』と言ったんだ」

ピンと来た。ひょっとすると、彼女は再会の先にある危険を予感したのではなかろうか。焼けぼっくいに火か？　想像が駆けめぐる。ロマンスが生まれなかったと言ったわたしは、どうやら間違っていたようだ。そう思って眺めた視線の先には、ユル・ブリンナー張りのYの端正な横顔があった。

怪我っぽい男
——跳ぶ前に見ろ（英）

むかし読んだ小林秀雄の随筆だったろうか、対談集だったろうか、「自分は怪我っぽい男」という言葉があったように記憶している。どんな文脈かは思い出せないが、その言葉だけは妙に生々しく、脳の片隅から消えない。たぶん、自分の身に引き寄せての思いが、そうさせたものと思う。平素から運動神経には自信がなかったし、そのうえグズのあわてん坊ときている。かの文豪に劣らず、わたしも怪我に付きまとわれる生涯であった。

不思議なことに、わたしの怪我は左半身に限られている。これは想像だが、おそらく右側は利き腕の反射神経が防御してくれたのであろう。だが、それが左側までカバーできなかったことを考えれば、わたしの反射神経はかなりお粗末にできているようだ。

幼児期、近所の悪戯小僧にガラス片で顔面を切られたのも左側だったし、父親との遊戯中に脱臼したのも左肩だった。

長ずるにおよんでは、中学一年のときである。体育の時間にハードル競走があり、飛び越えたと思いきや、片方の足がハードルの横棒に引っかかり、転倒。激しい痛みもさることながら、左手首がカギ形に変形したのを見て仰天、危うく気絶しかけた。駆けつけた体育の先生がその場でわたしの手首を引っ張ると、さらなる激痛が走ったが、手首は原型を回復。近くの接骨医へ駆け込んで治療を受け、その後は一か月以上、三角巾をつけて通学する羽目になった。

その頃の旧制中学では、部活動は剣道か柔道が必修であった。剣道では、脳天を叩かれて痺れたことがあったので敬遠、柔道を選んだ。だが、これも見た目ほど楽ではなかった。二年生のとき、左肋骨の二本にヒビが入ったり、手足のあちこちを捻挫したりした。

三年生のときは、勤労動員先の小牧飛行場（現名古屋飛行場）で作業中、土砂を積んだトロッコとトロッコの間に左足首を挟まれた。くるぶしが三倍ぐらいの太さに膨れ上がり、担任の先生に背負われて家まで送ってもらったことを思い出す。

愛知県立高校の教師となってからも、怪我の神様はなかなか放免してくれず、転勤するたびに事故に見舞われている。

千種高校では、硬式野球のボールを頭に受けて失神、入院した。

次に転任した昭和高校では、正月三が日の明けた四日、休日出校のため駅まで自転車で急いだときである。凍結した道路の曲がり角で自転車もろとも横転、左肩を地面に激しく打ちつけた。見送りに家の前まで出ていた妻が駆けつけ、帰省中の長男の車で外科医のもとへ直行する。子どもの頃と同じ左肩を脱臼、のみならず今度は骨折の重傷。一か月半、入院した。

旭丘高校に勤めていたときは、定年間際だったし、今さら事故でもないだろうと高を括っていたのが間違いだった。ある年の冬、生徒のスキー合宿に同行し、新潟県の赤倉に行った。初心者コースの生徒たちに混じって、スキーを初経験することにした。

止まり方がわからず、若い教師に尋ねると、
「尻をついて転べば、止まりますよ」という。
滑りはじめたが、そこは傾斜面、だんだんスピードが増した。危ないと思って、言われたとおりに尻もちをついて転んだ。だが、左ひじを雪面についたとき、肩胛骨に激しい痛みを感じた。ほかの付き添い教師や生徒たちの手前もあって、何食わぬ顔で立ち上がったが、傷みはかなりひどかった。ひとまず、宿へ帰って休むことにした。

その帰途である。ゲレンデの端の小道を歩いていると、向こうから一人のスキーヤーが滑り降りてきた。すごい勢いである。危ないと思って右へ寄った途端、正面衝突。わたしはまたもや転倒。左の肩甲骨はふたたび地面に叩きつけられた。後で聞くと、彼も初心者で、方向転換ができなかったようである。

泣きっ面に蜂であった。その場でスキー場の診療所を訪れると、ひどい肉離れだという。ありがたいことに、そこは有名な温泉地である。合宿の終わるまで数日間、温泉療法に励むことができたのは、不幸中の幸いであった。

東日本大震災に思う

――天災は忘れた頃にやってくる（和）

平成二十三年三月十一日、わたしは妻といっしょに、まだ雪深い奥飛騨の平湯温泉にいた。昼食を終え、部屋に入ったとたん、ドーンと地響きがして、木造の部屋がゆれた。時計を見る。午後二時四十六分をさしていた。テレビをつけると、津波警報が出ている。今の地震に伴うものにしては早すぎる。

「いつの津波のことかな？」と、妻に疑問をぶつけると、

「何をのんきな――、今の地震でしょ」と返してきた。

妻の言うとおりだった。警報の速さに、驚くしかなかった。予想される津波の大きさにも、肝をつぶした。十メートルを超えるという。

釘付けになったテレビには、恐ろしい映像が映しだされていた。

巨大津波は、万里の長城と呼ばれていた岩手県の防潮堤を乗り越え、まるでナイアガラ瀑布のようなすさまじさで落下したかと思うと、こんどは不気味な生き物さながらに、ゆっくり地面を這いはじめる。さらに悪魔はその舌先をのばし、触れるを幸い、家や車を片端から呑みこんでいった――。

これは特撮やＣＧではなく、まぎれもなく本物なのだ。妻とわたしは声もなく、その驚愕の惨

状を眺めつづけた。

その夜は、余震もあって眠られず、深夜すぎまでテレビにかじりついていた。

翌日、旅行から帰ってみると、名古屋は平穏だし、わが家はいつもと変わらない静かなたたずまいを見せていた。

昨日からテレビや新聞の報じていた世界は、いったい何だったろう。あれは、いわば別次元の世界ではないのか。いや、ひょっとすると、ＳＦでいうパラレル・ワールドや、村上春樹の描いた『１Ｑ８４』の世界が現前し、自分はその中に送りこまれたのではなかろうか――、そんな錯覚さえ覚えるほどであった。

夜になると、東京の次男から電話があった。その年の始めから勤務している六本木のビルは大揺れにゆれ、七階にある彼の部屋の棚の書類や本は無残に床に散乱した。帰途についた次男は、まず中野にある中学校へ行き、学校待機を命じられていた彼の息子を引き取って中野駅まで嫁に車で迎えに来てもらった。午後十時ごろだった。しかし帰り道は渋滞の連続で、やっと三鷹市の家に帰り着いた頃には午前一時を過ぎていたという。ついで長男にも電話すると、彼はたまたま東京への出張帰りに飛行機で神戸空港に降りたとき、そこで「少し前に東北と関東で大地震があった」と聞いた。もし新幹線を利用していたなら、途中で立ち往生していたかもしれないと思ったという。

わが家族は運よく災難を免れたが、被災した人たちのことを思えば、喜んでばかりはいられない。現地では、家屋のみならず愛する肉親までも失った人たちが悲嘆にくれながらも生き抜こうとしている。日がたつにつれて、死亡者と行方不明者の数は増えていった。

それから三週間以上がたった。津波の惨状は目にあまるばかりか、併せて起きた原発事故の被害は長期化し、放射性物質の飛散は依然として続いていた。

学者をはじめ東京電力や政府関係者も風評被害を気にしてか、控えめな報道を行っているが、外国では対岸の火事は大きく見えるのだろうか、シビアな報道が目立つ。

そのせいか、アメリカ在住の従妹の娘ジャンからは、物資と避難場所の提供をメールでオファーしてきた。

「もし危険だったら、アメリカへ逃げてきてください。いつでもお泊めします」とある。そして、日本赤十字社へ寄付金を送るとも、添え書きしてあった。気持ちに感謝し、こちらは心配ないと返事をした。

そんなある日、妻の友人から何人かの手を経て、長文の英文メールが送られてきた。発信元は、仙台で英会話教師をしていて被災したという外国人女性である。

「私はいま、壊れかけた自分の家を出て、友達の家に身を寄せています。供給された水や食べ物や灯油などを分け合って暮らしています。

驚くことに、私の居るところでは略奪はもとより、行列に割り込むような行為もありません。

家の玄関のドアは、余震の来たときすぐに避難できるように、夜でも開けたままにしています。怖くありません。〈昔はみんなこういう風だった〉と語りながら、お年寄りは古き良き時代を懐かしんでいるようです。

ここの生活で感銘を受けたものが、もう二つあります。一つは、夜の静けさ。車も走っていないし、人通りもありません。これまで二つぐらいの星しか見えなかった空に、今では満天の星が輝いています。

そしてもう一つは、日本の人たちの温かさです。電気がもどったので久しぶりにわが家へ帰ってみると、誰が置いてくれたのか、玄関の入り口に食べ物と水があり、感激でした。緑の帽子をかぶったお年寄りが、家々を見回ってくれていますし、見知らぬ人にも困ったことはないかと声をかけています。こんな素晴らしい日本が、私は大好きです」（要約）

メールを読んで、わたしは日本人の良さをあらためて外国人から教えられた気がした。そこには、どんなに悲惨な目にあっても、それにめげないいしたたかさと人間の善意を信じる気持が溢れている。そしてそれは、現地の被災者の方々にあっても、決して失われていないのだ。この未曽有の津波災害と原発事故からの一日も早い回復を願わずにおられない。

皇居で勤労奉仕

――君心あれば民心あり（和）

（1）天皇皇后両陛下にご会釈を賜る

入り口の扉が開いた。待ちに待った行事の幕明けである。身が引き締まるのを覚える。ガラス窓から差し込む明かりを背に受け、そのお方はまるで光の中から現れたように神々しかった。ここへ来るまでに、何人かの人から聞いていたオーラを、目の当たりに見る思いであった。逆光のせいか、全体の姿はやや黒っぽく見えるが、テレビで見慣れたお二人のやさしい、柔和な笑顔がそこにあった。

ここは、皇居内の蓮池参集所。天皇皇后両陛下から勤労奉仕団にご会釈を賜る瞬間であった。平成二十三年十月十八日の出来事である。

小学校の教室を二つ合わせたぐらいの大きさの部屋には、全国からやってきた五団体、総勢二百人ほどがコの字形に整列していた。順番に進んで来られた両陛下がわれわれの前で足を止められると、わが団長Tさんはグループ名、その性格、参加人数などを言上した。すると、

「愛知県ではこのたび豪雨がありましたが、被害はいかがでしたか」

と、ご下問があった。言葉はゆっくりとしているが、一語一語ハッキリと聞きとれる気品のある

お声である。

「庄内川の上流では一部氾濫がありましたが、いまは復旧していますから、どうかご安心ください」

答えるT団長の声には、緊張の中にも落ち着きがあった。

聞きながら、わたしはあの戦争を生き延びた者たちが皇室に対して抱いていた複雑な気持ちを思い出していた。長い間、わたし自身の気持ちも屈折していたのだ。しかしいまは、両陛下を咫《し》尺《せき》の間に拝顔できた幸運をかみしめていた――。


「ねえ、あなた、皇居へ行って天皇様に会ってみる気、ない？」

その年の春ごろのことだが、いつものように妻の言葉は唐突だった。

「表彰もされていないのに、会えるわけないだろ」

「それが会えるのよ。皇居の勤労奉仕に参加すればいいの――」

初耳だった。妻によれば、皇居および赤坂御用地では、庭園の清掃作業がボランティアにより行われている。名古屋東部モラロジー研究所は今回も奉仕団を組織し、十月中旬に出かけるという。一行は約五十人を予定。妻の知人がその会の幹事であり、妻はその人に誘われたとか。

調べてみると、終戦直後、空襲で焼失した皇居の焼け跡を整理するため、東北地方の有志が勤労奉仕を申し出たことがはじまりで、以来その活動は今日《こんにち》にいたるまで続いている。現在では、全国から参加した人の数は累計百二十万人を超える。奉仕の期間は連続四日間で、夏季と冬季の一部を除いて毎月行われているという。

「自分でも大丈夫だろうか？　途中で、ダウンするんじゃなかろうか」

なにしろ、はたからは元気そうに見えても、無病息災ならぬ〈六病息災《むびょうそくさい》〉を自認するわたしである。広大な敷地の中で、毎日一万歩以上も歩くという作業に耐えうるだろうか。何度も医者に尋ねたり経験者に確かめたりして、ようやく腹を決めたのが出発の一週間前だった。

こうして、秋もようやくたけなわを迎えようとしていた十月十六日、わたしは妻と一緒に皇居勤労奉仕の旅に出かけることになったのである。

(2) 赤坂御用地で皇太子殿下にご会釈を賜る

「バスで東京までは、何時間もかかるでしょ。翌日、疲れて作業ができないじゃない？」

妻の言葉はもっともだと思って、わたしたち夫婦は貸し切りバスを断って、新幹線で行くことにした。

昼ごろ名古屋を発ち、三時過ぎにホテルニューオータニに着いた。バスの一行はまだ来ていない。ここに、わたしたち一行はこれから四日間泊まることになっていた。

早速、三鷹市の次男に電話する。外出中だった次男は一時間ほどでホテルへすっ飛んできたが、嫁は日曜でも塾などで忙しいという孫たちを連れて、六時ごろやってきた。

「エレベーターの中でさー、ブランコと浅尾投手に会ったよ！　元気なかったー。だから、話しかけるの、止めたよ」

この年、高校に進学したばかりの孫が、興奮さめやらぬ風情で言う。

その日、このホテルを定宿にしているドラゴンズは、巨人戦に三連敗して戻ってきたところだった。東京住まいに慣れてきたはずなのに、孫たちはいまだにドラゴンズファンを続けている。次男は言わずと知れたドラキチ、動物学でいう〈刷り込み効果〉の実例を孫たちに見る思いであった。

ホテルのレストラン街には、高級料理店がずらりと並んでいた。孫たちにも受けがよいというので、中華料理店に入った。台風のために延期になっていた妻の喜寿祝いを兼ねることにし、また明日からの皇居参りの門出を祝う前夜祭にも見立て、一夜の歓談を楽しんだ。

翌日から、清掃奉仕活動が始まった。初仕事は赤坂御用地である。

五時三十分に起床。バスの出発は七時三十分だから、それまでに用意万端整えなければならない。この慌ただしい朝のルーティンは、四日間変わることはなかった。

赤坂御用地には皇太子殿下をはじめ、秋篠宮殿下など皇族方のお住まいがある。御用地の西門前に四列縦隊に整列し、点検を受け入門する。

奉仕団の控室に入って、作業の指示などを受ける。われわれを含めて五団体が来ているというが、団旗やバンダナの表示から、北は北海道から、南は沖縄からの人たちだと分かる。説明がすむと、それぞれが宮内庁の庭園係に先導されて、作業現場に向かった。

わが団体は、秋篠宮ご一家が一時住まわれていたという邸宅に赴き、小ぢんまりした庭に生い茂った雑草の除去作業を行った。

一時間ほどで終わると、御用地の中心部あたりに案内された。そこには、池を巡る素晴らしい回遊式庭園があり、数日前に秋の園遊会が催された直後のこととて、庭はきれいに掃き清められていた。説明に年季の入った庭園係は、冗談をまじえながら、園遊会の模様を微に入り細を穿って解説する。

池を前にした芝生の傾斜面で、団体写真を撮る。

昼食後は、皇太子殿下のお住まいのある東宮御所の門をくぐった。前庭は、それほど広くはない。四列横隊に並んで、待つことしばし、やがて皇太子殿下が建物から出られた。やはりテレビで見慣れた、あの穏やかな表情である。雅子妃殿下の姿はない。皇太子殿下は居並ぶ奉仕団の前をゆっくりと歩き、各団体の団長の前まで来ると立ち止まって、挨拶を受けられ、ご下問される。

K団長「名古屋東部モラロジーより男性十二名、女性三十六名、計四十八名で参りました」

皇太子「モラロジーではどんな活動をされているのですか」

K団長「ご皇室の歴史や精神を中心に勉強し、道徳心の高揚に努めております」

皇太子「お身体を大切にして頑張ってください」

終わると、K団長の音頭で、五団体が「皇太子殿下万歳」を三唱する。

この日のメインは皇太子殿下のご会釈であり、その後は三十分ほど道路わきの草取りをしただけで帰途につく。

清掃作業はあっけないほどだったが、何しろ広大な敷地、帰って万歩計を見ると一万二千歩を示していた。疲れたはずである。明日からは皇居だという。両陛下にお会いできる期待に胸を膨らませながら、慣れない旅先での眠りについた。

（3）秘境さながらの吹上御苑

翌十八日は、天皇の住まわれる皇居御苑の清掃日であった。

バスは東御苑の桔梗門前に停車、整列してから門をくぐり、奉仕団の詰め所である窓明館に入った。すでに四団体がそれぞれの席に腰をおろしていた。宮内庁職員から、今日の予定として写真撮影と陛下のご会釈がある旨の伝達があった。

九時に一斉に出発。東御苑から皇居の吹上御苑の方へ向かった。初めて入った皇居の庭は、最初は植物園を思わせるような端正な刈り込みの連続であったが、進むにしたがってまばらな林道は次第に樹木の数を増し、ついには鬱蒼たる深山幽谷に変貌していった。植物を自然のままに残したいというのが、昭和天皇のご意向であったという。

「東京のど真ん中にこんな山奥のような場所があるなんてね」

「まるでアマゾンの密林ね」

並んで歩いていた隣の女性が妻と話していた。アマゾンは大袈裟としても、草木の生い茂る様はまるで人跡未踏の地と言っていい。

賢所の近くにある生物学研究所の前には、刈り入れの終わった稲田があった。ここで陛下はお田植えの作業をされると説明がある。

近くの作業場で、脱穀の手仕事を一時間ほどする。稲穂から一粒、一粒のモミをはぎ取り、それを数えて引率者に報告する。一本の茎についたモミの数で、この年が豊作であるかどうかを判定するのだそうだ。

昼食後、ふたたび皇居御苑に入る。いくつかの坂道をたどっていくと、やがて石畳を敷いた大広場に出た。右手に、途方もなく長い二階建ての建物があった。長和殿といい、名のとおり、全長百六十メートルはあるという、皇居中随一の長い建物である。二階の部屋は閉じられていたが、新年などにはこのベランダから、皇室の方々が一般参賀者にお手振りされる光景は、テレビで何度も目にしている。

次いで正門鉄橋《てつばし》を渡って、正門を間近に望む芝生の庭で小休止、伏見櫓を背景に団体写真を撮る。

その後で、引率の職員からわたし自身も知らなかった新しい知識を授けられた。説明によれば、いま渡ったこの正門鉄橋こそが二重橋である。多くの人は、その東に位置する二連アーチ型の正門石橋《いしばし》を二重橋と思っているようだが、そうではないというのだ。正門鉄橋は、以前は木造で、橋桁が上下二段に架けられていたため、「二重橋」と呼ばれ、それが鉄橋に架け替えられてからもその名称を受け継いでいるという。

午後二時ごろ、蓮池濠近くの参集所で両陛下のご会釈があった。その様子は、冒頭に述べたとおりである。

さて、皇居勤労奉仕はこの後、十九日と二十日の二日続けられたが、いずれも東御苑の道路に吹き溜まった枯れ葉の清掃作業を二、三時間行うと、残りの時間は御苑の中の庭園や建物の見学といった行事で、二日間を終えた。

とくに最終日は、忠臣蔵で名高い松の廊下跡や、弓矢などの武器の納められている富士見多聞などを巡回し、締めくくりは振袖火事で焼失した天守閣跡の天守台に登ったのが、忘れられない思い出となった。

そこから眼下の都内を一望していると、江戸時代の面影を今に残す皇居の風物とのコントラストが、異次元の世界に置かれたような錯覚となってわたしを襲った。

過去と現代――、両者を対比させるとき、過去はいっそうその本来の姿をあらわに見せるし、現代はあらためてその意義を問いかけてくる。そんな思いに駆られながら、わたしは高台に立ちすくんだまま、林立する高層ビルの群れを見つめていた。

《日常生活のいろいろ》

ヒゲの命は三か月
――あごひげを生やしても哲学者にはなれない（英）

「みっともないから剃りなさいよ、そんなヒゲ。十歳は老けて見えるわよ」

妻はわたしの顔を見据えては、毎日のようにいう。八十八になる秋、わたしはヒゲを伸ばしはじめたからである。

木曜日、久しぶりに体操教室に出かけた。

「あら、おヒゲだ。いったいどうしたの？」

「あんがい似合うわよ」

「心境の変化？」

「失恋でもしたの？」

仲間の女性たちが、口々にはやし立てる。面倒くさくなって、いい加減に答えた。

「電気カミソリが壊れてねー」

「ワー、そんなことー、がっかりネ。でも、おもしろーい。ハハハ」

女性軍が喜びの声を上げる。

百五十人ほど収容できるアリーナはまわりに階段席があって、そこに名古屋市の高年大学「鯱城学園」健康学科のOBたちが各期別に集まって座っている。わがクラスは八人、女性が七人で男はわたし一人。衆寡敵せずである。

翌月の日曜日、「いたどり会」が中区の中日ビルであった。名古屋西高校の全日制で初めて受け持ったクラスのOB会である。出席者はわれわれ夫婦を含めてちょうど三十人だった。

開会宣言のあと、わたしは挨拶に立った。

「早いもので、学年会が打ち上げになってクラス会に切り替わり、もう三年が経ったんですネ。今回のクラス会は、皆さんが七十七歳の喜寿、わたしは八十八歳の米寿、まことにお目出度い会となりました」

十一歳違いのわれわれは、奇しくも長寿祝いが重なったのである。さらに続ける。

「ところで、先ほど何人かの人から、どうしてヒゲを伸ばしたのかと尋ねられたので、ここでお答えしておきましょう。それにはワケがあるのです」

「どんなワケですか?」

前の席にいた一人が問いかける。

「去年のこの会のときだったが、誰かが『せんせい、若く見えますね。どっちが先生でどっちが生徒か分からないくらい――』といったんです。少しは嬉しかったけれど、それよりやはり自分の貫禄の無さが情けなかった。それで、皆さんとの差をつけようと思ったのが、ヒゲだったのです」

笑いが出た。さらに続ける。

「ところがさっき、この会に初めて参加したSさんと入り口で話していたとき、彼女途中でわたしの話を遮って、『まあ、イヤだ。せんせいでしたのねー、わたし同級生だとばかり思って話していましたの』というんです。ヒゲの効果はゼロでした——」

今度は笑いの渦だった。

帰り道、その日の出来事を振り返りながら、わたしは妻にも話していなかった本当の理由を思い出していた。

このところ、原稿書きの仕事が続いて、部屋に閉じこもっていた。家にいるからには、お洒落する必要などまったくない。放置しておいたら、ヒゲは一センチ近く伸びてしまった。せっかく伸びたヒゲだ。ひとつ育ててやるかとフト思った。それだけの話である。

だから、いつまでも伸ばす気はなかった。正直な話、ヒゲを剃り落とすのは、いつにしようかと考えていたのだ——。

だが、そのときは案外早くやってきた。翌年の二月、わたしは脳出血を起こして、入院することになってしまった。入院患者にヒゲは似合わない。思い切って剃り落とした。

かくして、わたしのヒゲのある人生は、わずか三か月の短命に終わったのである。

さらば、ペダラよ

――何ごとにも潮時がある（英）

「あれ？　靴がない！」

とある会合が終わり、部屋から出ようとしたとき、上がりがまちに揃えておいた自分の靴がないのに気づいた。

石畳の上には十足ほどの靴が並んで置かれており、その中に一足だけわたしの靴に形や色がそっくりなのがあったが、よく見るとサイズも小さいし、色つやも違う。

店員に伝えると、何人かがあちこち探してくれたが出てこない。誰かが履き間違えて帰ったのは、明らかであった。

その日、名東区藤が丘駅前のＫレストランでは、妻とわたしがともに所属するある団体の昼食会が開かれていた。妻とわたしが入ったときは、店は満員の盛況で、カギのかかる下駄箱には空きがなかった。やむを得ずわたしたちは店員の指示にしたがい、石畳の廊下に靴を脱いで座敷に上がった。そして食事と話し合いが終わり、出ようとしたときの出来事だったのだ。

「今日はひとまず、店のサンダルを履いてお帰りください。先にお帰りになった予約のお客様方は、電話番号が控えてありますから、こちらで尋ねてみます。それに、間違いに気づいた方が申し出られるかもしれません。分かり次第ご連絡します」

そのように言う若い店長に電話番号を伝えると、わたしはサンダルをつっかけ、木枯らしの吹きすさぶ午後の街通りに出た。

靴がなくなるというようなことは、初めての経験であった。歩きながら、わたしは妻に愚痴っていた。

「自分の靴を間違えるなんて、よほど無神経な人間だな。それとも、酔っぱらっていたのかな。いや、待てよ、ひょっとすると――」

突然、わたしはむかし教室で教えたことのある、A・G・ガーディナーの英文随筆「アンブレラ・モラル（雨傘道徳）」のことを思い出した。

場面は、雨傘がまだ高価な時代のロンドンである。床屋などの傘立てで、雨傘を取り違える男がいる。彼はきまって自分のものよりずっと立派な雨傘を持ち帰る。帰途、それに気づいて「大変！間違えた」とつぶやくのだが、それは必ず現場からかなり遠ざかってからである。そして「仕方がない、もう戻っても間に合わないから」と、自らに言い聞かせる。それに、相手も自分の置いてきた傘を持ち帰っているはずだと考え、自らに免罪符を与える。こうして、自分の良心――〈雨傘良心〉とでもいうべきか、厳密にいえば似非良心だが――は少しも傷つくことなく、彼は高級雨傘を手に入れるのである――。だいたいそんなストーリーが、軽妙な筆致で描かれていた。

そういえば、残っていたのは安物を思わせるケミカル・シューズ、わたしの靴は、履き古されたとはいえ上等なペダラの革靴なのだ。人を疑うのは悪いと思いながらも、わたしの心には疑惑が渦巻いていた。

翌日、店長から電話があった。

「予約した団体の責任者の方にも電話で問い合わせたし、またその責任者の方もそれぞれの関係者に電話して尋ねてもらったのですが、分かりませんでした。でも、申し出があるかもしれませんので、もう少し待ってください」
二、三日待ってもいっこうに連絡がないので、しびれを切らした妻が店長に電話すると、
「いろいろ当たったのですが、分かりませんでした。申しわけありませんが、お好みの新しい靴を買ってください。一万円までは店でお金を出させて貰います。レシートをお忘れなくご持参下さい」ということだった。

それから一週間ほどがたったある日、妻がいった。

「あの靴はもう出てこないでしょうし、あまり遅くなると店も約束を忘れるかもしれませんから、新しい靴を買いに行きましょうか」

もっともだと思って、わたしは妻といっしょに出かけた。地下鉄に乗る前に、その店に立ち寄り、靴が戻ってきていないことを確かめた。そして、今から靴を買いに行く旨を店員に伝え、店を出た。

そのとき、やがて想定外の出来事が起ころうとは神ならぬ身の二人、つゆぞ知らぬことであった――。

千種区星ヶ丘の三越前にある靴専門店には、日ごろ欲しいと思っていたリーボックのウォーキング・シューズがいくつか並べられていた。わたしはあれこれ選び、やっと気に入ったのを見つけて買った。値段は一万円を少々超えていた。

Kレストランにもどり、レジ係に靴のレシートを出そうとした。そのとき、突如、店の奥から店長が現れた。それが〈偶然劇〉の幕開きであった。

なんと、店長は手にしたビニールの袋を差し出し、こう言ったのである。

「さっき靴を間違えたという人が来て、これを持ってきました。たしかめてください」

中には十日ぶりに見るあの履きなれた、懐かしいわたしのペダラの靴があった。

「間違いありませんね。どうぞお持ち帰りください」

と言い残して、彼はそそくさと奥に引っ込んでいった。

運命を司る神様がたしかにいるのだと思ったのは、まさにそのときであった。でなければ、こんな偶然劇が起きるはずはない。呆然としたわたしの脳裏に、一瞬代金のことが浮かんだがすぐ消えた。自分の大事な靴がもどったことと、新しいリーボックを手に入れたことの喜びの方が強かったのだ。そのまま二足の靴を抱えてレストランを出た。

複雑な気持ちだった。届け出た人が〈雨傘良心〉の持ち主でなかったのは、救いであった。しかしそうであれば、どうしてもっと早く返してくれなかったのか。新しい靴を買い求めた直後に、しかも弁償代を受けとる寸前に返してよこすとは――。だが、思いなおすとしよう。ペダラも少々くたびれていたから、この際新しい靴を買い増したと考えればいいのではないか。そう思ってわたしは納得したが、治まらないのは妻であった。

「こちらはその日、靴が戻っていないのを確かめたうえで、今から買いに行くことを伝えたのよ。向こうもそれを承知しているはずだから、靴の代金はちゃんと払ってもらわなくちゃぁ」

かくして、妻の闘いが始まった。友人に話を聞いてもらったり、消費者センターに電話したりした結果、誰からも妻の要求が正しいというお墨付きをもらった。

自信をもった妻は、そのレストランのチェーン店本部に電話で交渉した。本部の責任者との話し合いで、最終的に新しく購入した靴を店へ持っていけば買いもどしてくれるということになった。

「いやだね。長い時間かけて選んだリーボックだ。愛着があって、今さら渡したくない」

わたしは駄々をこね、その申し出を断った。妻はさらに本部とかけ合った末、けっきょく、代価を弁償してもらうということで決着がついた。

レストランの店長にその旨を伝えると、

「分かりました。本部がそう言うなら、一万円を支払いますから、レシートとお貸ししたサンダルを持ってきてください」

という返事である。内心ほっとした妻に、次の言葉が追い打ちをかけた。

「そのかわり、戻ってきた古い靴は返してくださいね」

店長の応答には、底意地の悪さが透けて見える。

「あなた、そんな古い靴をもらって、どうするんですか」

「むろん、どうするわけでもありません。でも、これはこういう事件の処理の前例になりますから、きちんとしておきたいだけです」

そっけない返答であった。

レストランに渡った靴には、たぶん可燃物としてごみ処理される運命が待っているだろう。そう思うと、短い期間ではあったが苦楽を共に歩いてきた愛靴に、可哀そうなことをしたという自責の念がこみ上げてきた。そして、そんな気持ちが晴れるまで、当分あの店で食事をすることはないだろうと心に決めた。

翌日、新しい靴を履いて、恒例の散歩に出かけるとき、わたしはひそかにつぶやいた。

「リーボックよ、今日からよろしく頼む。お前はペダラの身代わりなんだから——」

「待った」の報い

——やってしまったことは取り返しがつかない（英）

父親も碁が好きで、田舎初段を自認していた。その頃の田舎初段は、いまでいう三段ぐらいの力はあったと思う。わたしが旧制中学を出て、専門学校に入った頃から、父とはよく碁を打った。最初のうちは井目《せいもく》を置いていたが、二、三年経つと追いつき、大学を卒業する頃になると互い先になった。負かされて「お前も強くなったな」と、嬉しそうに言う父の顔が、いまでも目に浮かぶ。

急速に強くなった理由としては、むろん碁に熱中したこともあるが、もう一つには碁の打ち方にあったと思う。わたしはしょっちゅう「待った」をした。父はいやな顔もせずに、それを許してくれた。「待った」は建前では絶対してはいけないマナーであるが、親しい友人や肉親の間では許されてもいい、というのがわたしの考えである。それは、「読み」の力をつけるための最善の秘訣だと思うからである。

専門家は打ち終わった後、必ず並べ直して棋譜の検討をするが、そんなことをする素人はまずいない。打ちっ放しにして、また次を打つ。何が好手で何が悪手であったかなど、打ち終わったとたんに忘れてしまう。これでは進歩するわけがない。

ところが「待った」は、打った直後に気づいた悪手を取り消し、あらためてその局面での最善の手を模索することである。これはあきらかにルール違反であるが、大局的に見ればすぐれた悪手矯正法といえる。専門家に打ってもらう指導碁は、上達にはすこぶる有効である。しかし、そんな機会は少ないので、「待った」によって自らの着手の非をとがめ、自ら最善の手を再考する方が、わたしには役立った。

ただ、一方ではデメリットもある。間違えたら「待った」をすればいいという安易さから、着手に慎重さが失われ、どうしても「早打ち」になってしまうのである。これが、わたしの囲碁につきもののミスやポカを生む素地となったのかもしれない。

そこで、思い出すことがある。隣の学区のコミュニティーセンターに囲碁サークルがあり、二年ほど前、知り合いに誘われて加入した。毎週土曜日が囲碁の日であり、そのほか年に二回、メンバー総当たりの大会があった。当日は昼食を挟んで勝ち抜き戦が行われ、優勝者には賞金が出る。

その年の松の内に、恒例の大会があった。二回戦で某六段と打つことになった。五段のわたしは黒をもって、終盤になり、圧倒的に黒有利、相手の投げるのを待っていた。彼とは今まで何回か打っているが、ほとんど負けたことがなかった。最近は、わたしとの対局を避けている様子が見て取れたが、しかし公式戦ともなれば、打たないわけにいかず、久しぶりの対局となった。

さて、一局の終盤、劫《こう》争いが続いていた。劫争いとは、一目を双方で交互に取り返せる形ができたとき、取られたあと、すぐ取り返してはならず、他の急所に打って(「劫だて」という)、相手がそれに応ずればそのあとで一目を取り返すというルールである。

さて、相手が劫を立てる番であった。投げる気配もなく長考を重ねる彼にいらいらしながら、隣の対局を横目で眺めていると、右手が動いた。相手がどこへ打とうがここはこの一手とかねて考えていたわたしは石音高く、思い切って劫を解消した。

ところがである。相手は押し黙ったまま、考え込んでいる。また隣の対局に目をやっていると、十分ほど経ったであろうか、相手はやおら口を開いた。

「わたしはまだやっていませんよ。あなたは二手打ちましたね」

寝耳に水とはこのことだった。

「え！　あなた、ここへ打ったんじゃないですか？」

といって、盤上をよく見据えると、なんと相手が打ったと思われた箇所に石がないではないか！

打ったと思ったのは錯覚であった。

何やら右手を盤上にもっていったように思われたが、実はこのとき相手は置き石に手を触れただけであった。並の碁打ちなら、即座に「まだ打ってない」といって注意を促すか、制止するかである。ところがこの意地悪居士は何もしないし、何も言わない。失策が取り返しのつかないほど確実さを増すまで、時間を稼いでいたのか。

続けて、勝ち誇ったような大声がひびいた。

「幹事さん。二手打ちはちょんぼで、負けでしょう」

幹事「……うん、まあそうですね」

相手「じゃあ、わたしの勝ちですね」

幹事「……そういうことになりますね」

というわけで見事に負けた。それにしても、敵はなんと用意周到なことか。なるほど、この巧妙な決着の仕方を考えるには、十分はかかるわけだ。思えば、石に触ったのも相手の錯誤を引き出すための陽動作戦かもしれなかった。

相手はわたしに勝って優勝し、賞金を獲得した。悔しいというより、そんな碁打ちがいるということのほうがショックであった。人間、賞金が絡むと汚くなるものか。それとも、鬱憤の積み重ねが人格を変えるのか。

家に帰ってから、妻に一部始終を話した。妻のいわく、

「慎重でないあなたのほうが悪いに決まっているわ。対局中に横を向いていたなんて、まったく言語道断よ」

妻はわたしのマナーをなじった。が、わたしはわたしで別のことを考えていた。これは「待った」という禁じ手を犯して腕を上げたわたしに、囲碁の神様が下した鉄槌かもしれないと——。

以来、その碁会には出席していない。

《信じ込みの悲喜劇》

悲しき男の性《さが》

――人は誰でも自分を最も愛する（英）

ある日曜日の朝である。

「ねえ、このコント、面白いわ」

朝刊の日曜版を拾い読みしていた妻が、話しかけてきた。

妻の差し出した紙面をみると、読者の投稿欄があって、そこにコントが載っている。読んでみると、およそ次の内容だった。

――男は始発電車に乗るので、いつも座席に腰かける。ところが、途中から乗り込んできて、かならずその男の前に立つ若い女がいる。どんなに混んでいても人をかき分け、彼の前に立つ。思いを寄せられているのかと思って、男は胸をときめかす。そのうち二人に、話す機会が訪れた。しかし、女は言った。

「あなたが次の駅で降りる人と知ったので、わたし、あなたの前に立つことにしたの」

男のロマンチシズムはあっけなく崩れる――。それが話の落ちであった。

「あなたがいつか話した地下鉄での出来事も、よく似ているんじゃない？」と妻が言う。
「そう、同じだ。男は悲しいね。すぐその気になるから――」と言いながら、わたしはかつて体験した出来事を思い出していた。

もう何十年も前の日曜日のことである。その日はどこかへ行く用があって、昼前に家を出た。地下鉄はそれほど混んではいなかったので、ゆったりした気分で座席に腰を下ろしていた。

ふと気がつくと、ちょうどわたしの向かい側に座っていた女性が、わたしの方をチラリ、チラリと見ているように感じられた。わたしが目をやると、一瞬視線が合ったが、女性はサッと目を伏せる。しばらくしても、やはりわたしの方を見ていることが視野の端で感じられた。

わたしもそれとは気づかれないように、観察の目を走らせた。一見したところ、年の頃は五十歳前後だろうか、地下鉄には珍しい和服姿の女性で、なかなかの美人である。しかし、何となく玄人風の雰囲気を漂わせている。だが、どうしてわたしに関心を寄せるのだろうか。

ひょっとすると、相手はわたしを知っているかもしれない。だとしたら、教え子だろうか。だが、その顔には見覚えがなかった。もっとも、教師という職業にある者は、生徒には申し訳ないが、相手は知っていてもこちらは知らないことが多いので、見覚えがないとしても、油断がならない。

あるいは教え子の保護者だろうか。ＰＴＡの全国大会などがあると、何人かの役員を連れて、京都や北海道へ旅行したこともある。そんな人だったら、わたしにも見覚えがあるが、そうでもなさそうだ。一般の保護者だとしたら、校内のＰＴＡの会合などではいろいろ話をしたから、知っていてもおかしくはない。だが、わたしを見つめるほど親しくはないはずだ。

それとも、どこかのバーのマダムだろうか。こちらが知らなくても、向こうは商売がら客の顔は憶えているからだ。きっとそうに違いない。

でも、一体なぜ、わたしを見つめるのか。ひょっとすると、彼女はわたしを誘おうとしているのかもしれない――。

そのとき、ふと、脳裏をよぎったのは、旧制中学校時代に同じ電車で通う女学生に付け文をされた出来事だった。

二年生か、三年生の頃だった。わたしは中学校の最寄り駅である小牧駅まで、名鉄電車を利用していた。乗り物に乗るとき、人間は同じ場所から乗る習性があるらしく、いつも出会う顔ぶれが決まってくるものだ。わたしはいつも先頭車両の一番前に乗ったが、その女学生もかならずそこに立っていた。もう一駅か二駅前から乗っていたらしい。目のきつい、大柄な子で、明らかに年上だった気がする。いつの間にか顔見知りになっていたが、むろん話したことはなかった。中学生が女学生と話すことは、御法度とされていた時代である。

そんなあるとき、混雑する電車の降り口で、彼女はわたしにそっと紙切れを渡した。

「今日の帰り、わたしは○○時○○分の電車に乗ります」と走り書きがあった。

だが、わたしはその電車には乗らなかった。それどころか、翌日から、わたしは彼女に出逢わないように、時間も乗り場も変えた。怖かったのである。当時、一年上の上級生がラブレターのやりとりを見つかり、退学になったという噂が流れていたのだ――。

そんな物思いにふけっていると、地下鉄が止まった。わたしの隣の座席に座っていた学生風の若者が降りていった。電車が動き出すと、突然、件《くだん》の女性が立ち上がってわたしの方へ歩きだしたかと思うと、なんと、わたしの横に並んで腰を降ろしたのである。いよいよきたかと、思わず身を固くした。

――何か話すに違いない。誘われたらどうしよう。応じるべきか、都合が悪いと断るべきか――。

一秒か、二秒だったが、わたしの頭はフル回転し、とっさの対応を考えていた。

「マエガアイテイマスヨ」

そのときの声は、まるで宇宙人のささやきのように聞こえた。

「え！」

と言ったまま、わたしは意味不明の言葉を聞き流していた。どのくらい経ったのだろう。いや、一、二秒だったかもしれない。ようやく意識がもどった気がした。

――何かあいている、と言ったようだが、何だろう？　前の席があいているから移れというのか？　だが、それはおかしい。それとも、窓でもあいているというのか？　いや、地下鉄の窓があくはずはない。じゃあ、何だろう――。

「シャカイのマドですよ」

わたしの疑念に応えるように、女性の声がまた耳にひびいた。そうだったんだ。われに返ったとたん、まずわたしを襲ったのは、安堵と失望の入り混じった不思議な感情だった。

「すみません――」

と言いながら、わたしは身体中の血が顔にのぼるのを感じていた。そのときの恥ずかしさは、ズボンの前が開いていたことを女性に見られたからというより、愚かな妄想に耽り、独り相撲を演じていた己の浅はかさが情けなかったからである。

わたしは脇に置いていた手提げカバンを膝の上に載せ、車内の人目をはばかるようにしてズボンのジッパーを閉めた。心の中には、自己嫌悪が渦巻いていた。しかし、何事もなかったかのように目を閉じた。それは、内心の動揺を見せまいとする精一杯のしぐさであった。

女性は次の駅で降りていった。むろん、挨拶もなかった。周りの乗客は、二人の演じた小さなドラマを知ってか知らずか、無言のままそれぞれの世界に閉じこもっていた。

後には、いつもの地下鉄の立てる単調で、無機質な音だけが響いていた。

幻想の水割り
――奇跡はそれを信じる人に起きる（英）

あの出来事を、人は老人の錯覚と笑うかもしれない。しかしわたしは、何か不思議な力が造りだした正真正銘の事実だと信じたいのである。

場所はレストランの昼食会場、わたしは自分の席から立ち上がり、並み居る人たちに背を向け、ケータイで通話中であった。

そのとき、お茶を注ぎに回ってきたウエイトレスに、

「グラスビアをひとつ」

と言い、ふたたびケータイに戻った。その会でビールを嗜むのはわたし一人なので、いつものように少々気の引ける思いをしながらの注文であった。

ウエイトレスはよく聞こえなかったのか、それともビールを英語流にビアといったのが通じなかったのか、一瞬、立ち止まって聞き返そうとしたようだ。だが、わたしがすぐに電話で話し始めたので、そのまま立ち去ったようであった。

これが、あの奇妙な出来事の始まりだったのだ。

その日、高年大学の同期の卒業生で組織する会の食事会が中区栄のさるレストランで行われ、妻とわたしを含めて十二名が集まっていた。食事をしながら、次回の行事の相談をするのである。

話し合いの結果、岐阜県恵那市方面にバス旅行をしようということになった。幹事役のわたしはその場で旅行会社にケータイで電話をし、日程や行き先の打ち合わせをした。

会場ではすでに食事が始まり、会員たちの談笑で電話の声がよく聞こえない。そこでいったん廊下に出て、先方と打ち合わせを済ませてから戻ってみると、自分の席にグラスが一つ置いてあった。

先ほど注文したビールかと思ったが、そうではなかった。中身は無色透明である。おそらくウイスキーか焼酎の水割りにちがいない。ウエイトレスが間違えたのは明らかだが、今さら取り替えるのも面倒だし、ハッキリ念を押さなかった自分が悪かったのだと、そのまま長電話で渇いた喉に一気に流し込んだ。冷たい水割りが胃の腑に浸みとおり、ほっと一息ついた。そして遅まきながら、料理に箸をつけた。

仲間たちはもうほとんど食べ終わっていて、わたしの電話の報告を待っている。ゆっくり食べる暇もなく、わたしは電話で打ち合わせた内容を説明しなければならなかった。

その後は、今年度の行事をあれこれ話し合ったが、いずれも帯に短し襷に長しで、ついに決まらないまま散会になってしまった。

いったい、今日の会は何だったのだろうと思いながら、食事を楽しむどころか、幹事としての不手際のもたらした後味の悪さだけを味わっていた。じっさい、何を食べたのかも憶えていないほどだった。

レストランを出るとき、レジに寄って飲んだアルコールの精算をしようとした。食事代は割り勘ですでに前払いがしてあったが、追加の飲み物は自己負担だからだ。

係の女性は、やや戸惑った様子を見せながら言った。

「アルコール代ですか？　変ですねぇー、こちらには請求書が来ていないですよ。いったい何を飲まれましたか？」

「ビールを頼んだんだが、出されたのは無色の液体でしてねー」

「それじゃあ、焼酎の水割りでしたかねー」

ウエイトレスに聞けばわかるという思いは、レジ係もわたしも同じだったので、二人とも店内を見回したが、彼女らの姿は見当たらない。レジ係は奥へ引っ込んでいったが、やがて戻ってくると、クックと笑いながら言った。

「係の者はただ水を出しただけだと言いましたよ。水はタダですから、ご心配なく――」

「えっ？　ただの水だって？　おかしいなー。でも、そういえば、水割り焼酎にしては、少々水っぽいなとは思ったけどねー」

キツネにつままれたような気分だった。でも、考えてみれば、ウエイトレスはわたしの言った「グラスビア」が聞き取れなくて、「グラスの冷や」と誤解したのかもしれない。

わたしは妻と店を出て、待っていた仲間に合流した。彼らに一部始終を話すと、爆笑が起き、つづいて質問責めにあった。

「でも、アルコールだと思って飲んだんでしょう?」

「そうだよ」

「で、飲んだあと、どうだったの? 酔ったの?」

「うん、身体が火照ってね、だからアルコールだと思ったんだ。でもいま思うと、あのときはたぶん、長電話でイライラ、カッカとしていたせいかもしれないな」

「ねえ、奥さん、これからはビールをどうぞと言って、旦那さんに水を出しとけばいいんじゃない?」

誰かが混ぜかえす。

「その方が身体にいいか。でも、水をアルコールと間違えるようでは、もうオレもお仕舞いだな」

わたしは居合わせた友人たちの笑い声を後にして、妻と帰途についた。

そうは言っても、あれは確かに水割りだったという気もしていた。自分の味覚の衰えを信じたくはなかったのだ。そうだ! ウエイトレスは水割り焼酎を出したのだが、それをレジに報告することを忘れていたので、問い詰められて水だと嘘を言ったのかもしれないではないか。

だが、そう考えるのは、老いのもたらす幻想だろうか——。するとそのとき、幻想はまた幻想を呼んだ。

あのときは、ひょっとすると伝説で名高い「養老の滝」の神様が降臨したのではなかろうか。

そしてウエイトレスの出したただの水を酒に変えてくれたのかもしれない。

そういうことにしておこうと自己弁護しながら、わたしは妻と一緒に地下鉄に乗った。

それは一本の電話から始まった
——悪魔は目的のために聖書を引用する（英）

（1）次男からの電話

平成二十六年七月一日、所属するある会の昼食会があった。久しぶりに会う仲間たちはみな元気だったが、わたしは少々疲れていたので、二次会は失礼して帰ってきた。

居間に座って妻の出してくれたコーヒーを飲みながら、仲間たちと語り合ったいろいろな近況を思い出していた。体調の悪い人、連れ合いを亡くした人、家族に不幸のあった人、それを思うと、今のところわが家は平穏無事、感謝しなければなるまいと思っていた。

ことの始まりを告げる電話が鳴ったのは、ちょうどそのときだった。夕餉の支度をしていた妻が出た。次男からだという。

——以下は、妻の語った話の一部始終である。

数日前、妻は次男から電話をもらっていたが、それは例年のように息子たちに送ったお中元へのお礼だった。そのときは、次男の声はすこぶる威勢がよかったが、今回はまったく違って、ひどく沈んだ、かすれ声だった。

妻がわけを尋ねると、次男は病院へ行ってきたところだという。

「この前はあんなに元気だったのに、急にどうしたの？　風邪でも引いたの？　声も変ね」

「うん、喉がひりひりして、咳が止まらない。インフルエンザだといわれ、今もらってきた薬を飲んだところだ」

さらに続けて、

「実は、大変なことが起きたんだ」という。

「大変なことって何よ」と訊いても、次男はいまは言えないという。

「どうして言えないのよ。お母さんに隠し事はダメよ。Yさんと喧嘩でもしたの？」

Yさんとは、次男の嫁である。心配性の妻は気が気でない。何度も問いただすと、次男はやっと口を開いた。

「あのネ、今日はボク、ある問題で上司と口論したんだ。そのうち、怒った上司が『帰れ』と言ったんで、売り言葉に買い言葉、ボクも『帰る』と言って帰ってきちゃった。風邪で体調も悪かったんで、途中で病院へ寄ってきたんだ。でも、あのとき、ボクは興奮していたので、よく憶えていないが、たぶんケータイで机を叩いたか、床の上に落としたかで、壊れちゃったんだ。それで病院の後でケータイ会社へ行って代わりをもらってきた。今から新しい番号をいうから、念のためお母さんからかけ直してよ」

悲痛な声でいう。妻は言われるままその電話番号にかけると、繋がったので、さらに話が続いた。

「口論って何なの」

「うん、詳しいことは、いずれまた話すよ。でも、今度のことではボクは絶対正しいんだ」

「Yさんは、そのこと、知ってるの？」

「いや、まだ話していない。彼女はまだ帰っていないし、帰ってきても、話す気はないよ。このことはお母さんにだけ話したんだから――、お母さんも彼女にはゼッタイ言わないでよ、ゼッタイにね――」

「でも、よく分からないから、もっと詳しく話してよ」

「いまはダメ。明日の朝、九時か十時に電話するから、そのとき話すよ」

その夜、われわれ夫婦はいったい何が起きたんだろうかと、いろいろ推測し合った。

「あれは、頑固なところがあるから、自分の言い分を主張しすぎたのかナ」

「上司に帰れといわれて、そのまま帰るなんて、もう会社を辞める気でしょうか」

「まさかそんなことはないが、でも上司と口論するなんて、あいつらしくないナ」

「よっぽど、我慢できなかったに違いないよね。あの子は正義感が強くて、何でも精一杯頑張る子だから。短気でも起こして、取り返しのつかないことでもしたら、どうしましょう。今夜は心配で、眠れそうもないワ」

「彼の家へ電話しようか」

「それは止めて。Yさんには秘密だというから――」

というわけで、わたしたちはなす術もなく、悶々と眠れぬ一夜を過ごすことになった。

翌日、遅い朝食を取った後、思いあまったわたしは、電話してみた。しかし、家にはもう誰もいず、半ば失望するとともに、半ば安堵もした。

十時ごろ、約束通り、電話がきた。妻がわたしの部屋へ、受話器をもってやってきた。

「イヤだなんてダメよ。お父さんにも話しなさい」

と受話器に向かって言いながら、わたしにそれを渡した。

「もしもし、オレだ。昨日お母さんから聞いたんだが、会社で大変なことがあったらしいナ」

「うん、詳しいことはまた後で話すけど、今はまだ風邪が治らないので、声も変なんだよ」

そういえば、昨日聞いた妻の話とは違って、今日はいつもより太い声になっていた。よほど喉を痛めたのかもしれない。

「風邪はひどいのか。気をつけなきゃいかんぞ。上司と喧嘩するなど、お前らしくないナ。それに、帰れと言われて帰って来るなんて、もってのほかだ。お前には、家族もあるし、部下もいる。勝手なことはできんゾ。詳しいことは知らないが、早速上司に謝ってこい。詳しい結果はまた後で聞くから――。それにこんな話、親にいう前にまず、Yさんに話すべきじゃないか?」

ハイ、ハイという次男の声を聞きながら、こんなお説教をするなんて、彼が所帯を持って以来、初めてのことだと思っていた。

(2)「わが子を信じて」と言う嫁

昼食後、次男から再び電話があって、妻が出た。以下は、妻から聞いたおよその内容である。

「上司には謝ったの?」

「うん、さっき、謝って、そっちの方は何とか収まった。でも、もう一つ大変な心配事があるんだ。聞いてくれる?」

「隣にお父さんがいるから、代わろうか」

「いや、お母さんだけに話したい。だから、お父さんに聞かれない場所へ移ってよ」

そんなわけで、妻は受話器を持って別の部屋へ移っていった。

「経理を担当しているボクの部下が株を紹介してくれて、ボクもその話に乗ってしまったんだ。ソイツが会社の金を流用してたんだ。それがサー、監査が急に入ることになって、穴を埋めなきゃならないの。株はうまくいってるから、現金化する少しの間だけ、お母さん、助けてくれないか」

「あんたが株に手を出すなんて、信じられないわ。いつもあんたはわたしに、あんなものはバクチだから絶対にやっちゃいけないと、言っていたじゃないの。それで、いくらなの?」

「千二百万。もちろん半分は部下の責任だから、残りの半分でいいんだ」

このとき初めて、妻は次男の言っていることが、おかしいなと思い始めたという。「あなた、今どこから電話しているの？」「会社だよ」「なんて会社？」「日本企業だよ」「どこにあるの？」「虎ノ門だよ、虎ノ門」と繰り返した。「おかしいじゃないの、虎ノ門だなんて」「最近、場所が変わったんだよ」

そういえば、次男の会社は今までにも一、二度、場所が変わったこともあったことを妻は思い出したという。だが、思いがけない出来事の連続で、すっかり気が動転していた妻は、次男の受け答えが変だとは感じながらも、まだ相手を疑っていなかった。

「いくらなら出せるの？」と、彼は畳みかけてきた。

妻はわたしの所に駆け寄ってきて、小声で〈お金を送ってくれ〉と言ってきたと告げた。「何だって！」と、わたしが言った声が聞こえたのか、彼は「誰かに相談してるの？」と問いつめる。

誰にも聞かれては困る内緒事を、彼が母親である自分だけを頼って相談してきたのだと思うと、妻は息子が不憫になり、

「いや、お父さんにも誰にも相談しないから、安心して。でも、いまは頭が混乱してるから、即答できないの。二時間ちょうだい。落ち着いてしっかり判断してから返事するから――」

と、妻がそこまで言うと、電話がガチャンと切られた。

〈ああ、息子よ、怒らないで！　まだあんたを見捨てたわけではないんだから――〉

妻は本気でそう思ったという。その時になってもまだ、妻は自分の冷たい態度を悔いるばかり

であったのだ。

わたしの勧めもあって、やっと妻がYさんに電話すると、明るい声が返ってきた。

「あの人は元気に会社へ行っていますよ。どうしたんですか?」

妻が事の成り行きを話すと、

「お義母さん、もう少しわが子を信じてください。あの人は心配事があっても、お義母さんに話して心配をかけるようなことは、絶対にしませんよ」という。

〈わが子を信じて〉という嫁の言葉を聞いた途端、妻は同じようなオレオレ詐欺らしき電話を二、三年前にも受けたことを思い出した。そのことを嫁に話したとき、同じ言葉をいわれたのだ。あのときは、金目当ての話ではなかったが、不用意に息子の名前を伝えてしまった。最初から息子を名乗って電話してきたのは、ひょっとするとその犯人だったかもしれないと思い、謎が解けた気がした。

（3）共同の創作劇

ようやく、妻は悪夢から覚めた。そして身体中の力が抜けたのか、どっかとソファーに倒れ込んだ。

「まあ、これで済んでよかったよ。でも、耳のいいキミがなぜ、わが子の声でないと見抜けなかったのかナ」

「風邪で喉をやられたというと、自分だってそんな経験があるから、そう言われると、いつもと違っていても、そうなんだと思ってしまうワ。それに、やっぱり、向こうから名前を名乗ったのも、大きかった。あれで、すっかり本人と思い込んでしまったの。思い込みって恐ろしいですね。でも、本当にうまく仕組まれた芝居でした」

「最初にドカーンと、相手の胸に同情心を掻き立てるクサビを打ち込んでから、少しずつその気にさせていく手口――。一種の催眠術だ。家に電話をかけさせないで、犯人のケータイに繋がるような細工なども見事だ。オレもすっかり騙された。今まで振り込め詐欺に引っかかる人間なんて、どうかしていると思っていたが、今度の経験で、そうじゃあないことが分かった。みんな騙されてしまうんだ。とくに、子どもに甘い女親がアブナイね」

「そうですね。でも、男親のあなただって、騙されかけたじゃないの？　それに、あの子が上司と喧嘩することも、ひょっとしてアリかもしれないと思ったでしょう？」

「うん、Yさんが〈わが子を信じて〉というのは、信じれば騙されないと言いたいかもしれないが、信じるから騙されるという面もあるんだ。敵は巧妙な物語を用意しているんだ。これまでの息子とイメージがかなり違うなと思っても、知らず識らず、相手の話に乗ってイメージ修正をしてしまうんだ。詐欺物語は犯人だけの作り話ではなく、犯人と被害者が共同でつくる創作劇だと思うよ」

話しながら、わたしはこの「事件」の前年、平成二十五年度の振り込め詐欺やなりすまし詐欺の被害総額が、二百六十億円を超えるというニュース記事を思い出し、この額は増えることはあっても減ることはないだろうと考えていた。

(4) 二つの後日談

この話には、後日談がある。そんなことがあって、ちょうど一週間ぐらい後、長男がメールをよこした。英文である。なんと、ウクライナへ旅行したとき財布とパスポートを盗まれたので、ホテルを出ようと思っても請求書の支払いができず、困っている、助けてほしいというのである。長男は一か月ほど前、学会に出席するため東欧へ行っている。だから背景は合っている。しかし、彼が英文で「カネオクレ」のメールを送ってくるわけはないので、すぐ詐欺だと分かる。彼に連絡したら、アドレスをハッキングされ、わたしと同じメールをもらった何人もの友人や知人から、問い合わせが殺到したという。振り込め詐欺は今や世界的流行を来しているのだろうか。それにしても、英語のことわざにもあるように、〈禍は続いて起こるもの〉である。乞う、ご用心!

と、ここまで書いて、一件落着かと思っていたら、なんと、運命の女神はさらなる大団円を用意していたのである。

その事件から三週間ぐらい経ったある日、妻がまた電話を受けた。

「もしもし、こちらは名東警察の者ですが、振り込め詐欺のことで少々お伺いしたいことがありますが、よろしいですか？……」

その瞬間、妻の頭をよぎったのは、あの時の詐欺犯が今度は警官になりすまして電話してきたのではないかという思いだった。妻はいまだに、あの時のトラウマを引きずっている。知らない人からの電話には、疑いの目ならぬ、疑いの耳を貸すしかなかったのだ。

「あなたは本当に警察の方ですか？　信じられません。もう結構です」

妻が断ると、警官は、

「ごもっともです。では、今から番号をいいますから、そちらから電話してください」という。

おや？　それって犯人が言ったのと同じ手口で、もし相手が犯人だったらそこへ繋がるだけでないか。警察ともあろう人が――と妻は思ったが、さすがにそれ以上は追求せず、ＮＴＴの電話帳でチェックすると、確かにその番号は載っていた。ようやく疑いを解いた妻は詐欺事件のあらましを伝え、幸いなことにわが家は被害には遇わなかったことも話した。

そのとき、妻が警察から聞いた話は、だいたい次のようであった。

この地域に住むある人が詐欺師に現金を渡す現場で、かねて張り込んでいた名東警察がその男を逮捕した。押収した携帯電話から電話番号の履歴が分かった。それで、犯人の余罪を調べるために記載された番号に電話して話を伺っている。ちなみに、被害は名東区を中心に何軒にも及んでいるらしく、警察のわが家への問い合わせは、三件目だという。

さて、逮捕された男が、わたしが声を聞いたあの男であるかどうかは分からないが、それでも今回の事件が遠い世界で起きた事件ではなく、こともあろうにわが家へ直接降りかかった騒動であったということ、しかもその犯人が予想外の逮捕に至ったということなどを考えると、わが家にも、いつ、なにが起こるか分からないという不安をあらためて感じざるを得ない。

メガネの弁償代

――盗む機会があるから盗人が生まれる〔英〕

もう三十年以上も前になるだろうか、わが家の近くの藤が丘近辺が今ほど開けていなかった頃のことである。季節は晩秋であったように記憶している。

その日は遅くまで勤務校に居残り、校門を出る頃にはもう日はとっぷり暮れていた。ラッシュアワーの地下鉄を降りていつもの道をわが家へ急いだ。

いまはマンションが建っている場所に当時はパチンコ屋があって、その前はいつも人だかりがしていた。そこを通りかかったとき、向こう側からよろよろと、そのくせ足早に歩いてくる男がいるのに気づいた。危ない！　と思って、左へ寄った。するとその男も、どういうわけか左の方へ身体を寄せてきて、あっというまもなく、双方の右肩がぶつかった。

「失礼！」と反射的に声を出した。そのとき、相手は何かを地面に落としたような気もしたが、深く気にも留めず、そのまま行き過ぎた。

しばらく行くと、小公園がある。そこを近道して斜めに横切っていくと、ちょうど公園の真ん中辺りの街灯の光があまり届かないところで、後ろから足音が近づいてきた。

「すみません。ちょっと待ってください」

と、男の声で呼び止められた。

作業着をまとった五十がらみの男であった。

「何ですか」

「さっきわたしにぶつかった人ですね」

「はい」

「ちょっとこれを見てください」

男はそういって、手にしたメガネを空に向けてかざした。濃い色眼鏡で、片方が粉みじんに割れているのが見て取れた。

「ぶつかった拍子に手にもっていたメガネを落とし、割れちゃいました。メガネがないと困るんですよ。目が悪いので――」

見ると、男の右側の瞼は夜目にもそれと分かるほどつぶれていた。

「ごめんなさい。そんなこととは知らなかったので――」

相手が視力障がい者と知って、いっそう悪いことをしたという気持ちが募った。

「弁償させてください。駅前にメガネ屋がありますから、そこへ行きましょう」

すると相手は、

「急いでいるんです。そんな暇ないです」

「じゃあ、どうしましょう」

「あるだけでいいです」

「えっ?」

しばらく分からなかったが、ようやく相手の意図が読みとれた。財布を取りだして調べると、六千円しか無かった。

「これだけしか持っていないのですが――」

「かまいません」

男は六千円を受け取り、闇の中へ消えた。

その夜、妻に一部始終を話した。

「不注意の事故だからしょうがないわ。でも気をつけて下さいね。下手に因縁でもつけられたら、大変なことになっていたかもよ」

そのとき、妻はこの事件に何か不審な臭いを嗅ぎ取っていたかもしれなかった。しかしわたしとしては、六千円払ったことで自分の不注意の償いは十分にすんだと、むしろ一種の自己満足さえ感じていた。

その二、三日後である。夕刊の紙面を三段抜きで飾ったニュースがあった。

〈名東区に当たり屋出没！　ご用心！〉

見出しを見て「あっ」といった。記事に目を通しながら「まさか」と思った。読み終わって「やられた」と思った。

記事によれば、名東区では最近当たり屋事件が続発しているという。その手口は、手にメガネを持った当たり屋が歩道の通行人に突き当たり、メガネが割れたと称して金品を巻き上げるというものであった。くやしい！　そんな騙しのテクニックにうかうか引っかかるとは——。あの日の自己満足は一転、自己嫌悪に変わった。

だが、しばらくすると疑念が湧いた。あの男は本当に新聞の報ずる当たり屋だったろうか。新聞には目が不自由とは書かれていなかった。ひょっとすると本当に目の悪い善意の人であったかもしれないのだ。その方がわたしとしては救われる。

しかしすぐに、そんなはずはないと思い直した。善意の人があのような行動を取るだろうか。考えてみれば妙な点がいくつかあった。避けようとする方向へ相手が寄ってきたのは、故意としか考えられないし、目の悪い人がメガネを外していることも不自然だ。おまけに、人目に付かない暗い公園まで後を追いかけてきて、しかもメガネの修理を断り、現金を要求するなんてことはなおさらおかしい。

やはりその道のプロだ。目の障がいなどは、セロテープでも貼り付ければ、簡単にできる偽装である。だとすれば、やはりわたしは当たり屋の被害者なのだ。

被害者？　いや、待てよ――、このとき別の考えがひらめいた――。ひょっとするとわたしは被害者ではなくて加害者ではないのか。相手を信用し金銭を渡したことで、わたしは当たり屋に詐欺という罪を犯させることになったのだから――。あのとき、疑惑を察知し、決然として断わっていたら、あの男は詐欺罪を重ねなくてよかったのである。

信頼するという純粋な行為が、かえって人に罪を犯させることになる――、これは現代社会のもつ病理だろうか、それとも陥穽だろうか。あの事件を思い出すたびに、胸に去来する疑問である。

サプリメント騒動記

――どんな失敗でも成功への踏み石である（英）

「あなた、この近くに百円の安売り店ができるらしいのよ」

ある日、さも耳寄りのニュースを聞いてきたかのように、妻がいう。

「百均ショップなら、駅前のスーパーでもやってるよ」

「どうもそれとは違うらしいの。千円ぐらいのものを百円で売るというから――」

「へー、そんなうまい話、あるのかなー」

夏は今が真っ盛りという七月下旬のある日の午後、わたしは妻に誘われるまま、その店におもむいた。

中に入ると、そこは事務室とおぼしき殺風景な部屋、三方の壁には食品名や値段の書いたB紙がベタベタと貼ってある。五十人ほどの客がすでにパイプ椅子に座っていた。正面には、壁を背にして二人の女性と一人の男性が立ち、それぞれにこやかな笑顔を振りまいている。

やがて女性の一人が挨拶をはじめた。自己紹介によれば、彼女は栄養管理士の資格を持つ店長で、これから四か月、東京にある本社の命令で、二人の部下とともにこの店の運営を任されたとのこと。そして午前と午後の二回、一時間ほど病気や健康についての話をしたあと、栄養補助剤や健康食品を販売するという。

つづいて女性店長は、会社の性格、店舗の現状、扱う商品など、手際よく説明し、最後に、二人の店員とともに定価八百円という食パンを百円と引き換えに全員に配った。妻もわたしも、何となく得をしたような、ルンルン気分で店を後にした。

しかし、そんな気分が仇になったのであろうか、そのときはまだわたしも妻も、真夏が晩秋に変わるまでの期間、この店に日参し、そのうえ値のかさむサプリメントを買わされる運命になろうとは、夢にも思っていなかった。

なにしろ、三人の従業員たちはいずれも二十歳代の独身、元気で愛想がよく、好感度は百パーセント。それに、特筆すべきは女店長、話が抜群にうまいのである。二人の店員を漫才の相方よろしく仕立て、突っ込んだりからかったり、軽妙に話を進める。

「皆さん、千円も二千円もする商品をどうして百円で売るのか、インチキじゃないかとか、いまに会社が潰れるんじゃないかとか、内心疑っていませんか？　でも、心配はご無用です」

彼女によれば、テレビにコマーシャルを出せば何千万円、場合によっては億という費用がかかる。それを考えれば、安い宣伝費だという。

「百円商品は、デパートの試食品や試供品みたいなものです。本来は無料でもいいのですが、商売ですから百円はいただくことにしているのです。そうです、わたしどもは商売をしているのです。ですから、これからはだんだんといろんなものを紹介しますから、健康によいと思ったものは遠慮なくお買いもとめください。でも、決して強制はしません」

店長の言葉どおり、十日ほどたつと次第に高価な健康食品が提示されるようになった。それだけではない。予防医学や栄養学の専門家がやって来て、健康食品の効用を科学的に講義しはじめたのである。

ある日、テレビにもときどき出る著名なドクターが講演に来た。

「いいですか、皆さん、医者は病人の治療はしてくれますが、健康な人に健康を維持する方法は教えてくれません。医者にとって必要なのは病人なんです。だから、病気になれば別ですが、健康なうちは自分で自分を守るしかないのです。そのお助けをするのがサプリメントです」

次の週は、さる有名大学の教授と酵素の共同研究をしているという専門家が現れた。

「皆さん、身体にとってもっとも必要な栄養素は何かわかりますか？　糖分、蛋白、脂肪、それにビタミン、ミネラル、みんな必要ですね。でも、それらを体内に吸収させるには絶対になくてはならないものがあります。それは、酵素です」

こんな話を次々に聞かされたのでは、心身ともに強健な者ならいざ知らず、気が弱く健康に自信のない者には、もう敵の軍門に下る以外に道はないのである。

騙されてたまるかと必死の抵抗も空しく、ついに酵素を買ってしまった。しかも一年半分である。なぜかといえば、身体を作りかえるにはそのくらいの年月が必要だというし、それに単価が半分以下になるからだ。

いちど禁を破るともうダメである。ローヤルゼリー、さらに腎臓の機能回復剤と、たて続けにサプリメントを買う羽目となった。支払った金額はウン十万円。

そんなある日、妻がいつもに似合わず、元気がない。訊きただすと、横浜市の実弟に電話しているうちに話がたまたま健康食品のことになり、次のようなやりとりがあったという。

「姉さん、それ、近ごろ流行りの催眠商法だよ。百円商品を餌にして、エビでタイを釣ろうというやつだ。横浜じゃ、そんなのに騙された人がゴマンといるよ。そんなところへ行っちゃ駄目だ」

「でも病気になってからは遅いので、なる前に予防する方がずっと賢いんじゃない？」

「ダメダメ、すっかり洗脳されたね。早く目を覚ましなよ。そんなことじゃー、いまに身ぐるみ剥がされるからー」

妻はしょげかえって、わたしに言った。

「ねえ、どうしましょう。やはりインチキ商法かしら？」

そうではないと断言する確信は、わたしにもなかった。インターネットで調べてみると、この手の業種は一般に宣伝講習販売事業といい、会社は全国に二千ぐらいある。その中でこの会社は五指に入るようで、まずは信頼できそうである。しかし、なかには詐欺まがいの会社もあり、それかあらぬか、女性店長、強制は一切しないとか、気に入らなければクーリングオフで返品可能だとか、ことさらに強調しているのが少々気にはかかるが——。

こうして通い続けているうちに、期限の十一月になって店は閉鎖され、わたしたちはやっと以前のゆとりある生活にもどることができた。気づいてみれば、いつの間にか街には師走の風が吹きはじめていた。

ある日、妻が言う。

「あなた、サプリメント、効いたと思いますか」

「うん——そうだね。効いたかな？　いやあ、効いたよ。効くと思えば効くもんだ。そんなふうにでも思わなけりゃあ、悔しいじゃないか」

それがわたしの本音だった。まんざら負け惜しみではない。そしてふと、ある講師の言葉を思い浮かべていた。

「皆さん、サプリメントを摂っているからといって、身体に悪いものを食べたり、家でゴロゴロしていてはダメですよ」

何のことはない、高価な出費の代償は、規則正しい生活習慣の自覚と促進だったのだ。高い出費を無駄にしたくない、その思いが人を生活習慣の確立に向かわせるのである。そう考えれば、酵素もローヤルゼリーも安いものだと、自らに言い聞かせる。

そして、エビでタイを釣ったのは向こうではなく、こちらだったかもしれないと考えたりしている。そうなればありがたいが、しかし残念ながらその答えは、一年半過ぎてみなければ分からないのである。

息子たちの歩む道
――リンゴの実は木からあまり遠くへは落ちない（英）

長い間、わたしは息子たちが親とは別の生業で家族を養っていることに、一抹の寂しさを感じていた。そんなわたしは、よく妻と語り合ったものだ。

「二人とも、学校の先生にはならなかったなあー」

「そうですね。身近にお父さんの姿を見ていて、これは大変だと思ったのでしょうかー」

「同じ先生でも、医者の子どもはたいてい親の職業を継ぐが、学校の先生の子どもはあまり先生になりたがらないようだよ。そんなに魅力がないのかな?」

「そんなはずはないと思うわー。昔は先生一家というのがありましたからね。時代のせいでしょうか」

思い出せば、息子たちの口から学校の先生になりたいという言葉は聞いたことがなかった。それに、わたし自身も、彼らに教師になることを勧めたことは一度もなかった。大学を選ぶのも、就職先を決定するのも、すべて彼らの選択に任せてきたわたしである。

そんなわけで、二人とも学生時代に教職の単位をとることもなく、それぞれが社会へ飛び立っていった。そして長男は、化粧品会社の研究部門に籍を置いて、コツコツと皮膚の研究を続けてきたし、次男は国際援助機関のスタッフになって、海外を飛びまわってきた。その点でいえば、長男は父親譲りの書斎派であったし、次男は母親に似てアウトドア派であった。いずれにしても彼らは、教師という仕事とは縁もゆかりもなかった。

ところが、平成二十二年末から二十三年にかけて、予想もしなかった知らせが飛び込んできた。それは、最初は次男から、つづいて長男からだった。なんと、二人とも期せずして、人に物を教える仕事に就くことになったというのである。しかも驚いたことに、次男は二十三年一月から、長男は四月からだという。

長男は、勤めていた外資系の化粧品会社との契約が三月で切れるというので、以前から転職先を探していたところ、中国地方のある大学のバイオ学科に空席があり、運よく教授として採用されることになった。

また、この数年、国内勤務で激務をこなしてきた次男は、都内のある大学に特任教授として出向することになり、国際開発関係の講義を受け持つことになったという。

「今年は、東北地方で〈想定外〉のことが起きましたが、わが家もそうでしたね。二人がほとんど同時にあなたと同じ仕事をすることになるなんて——、人生って、ほんとに不思議、何が起こるかわかりませんね。でも、よかったですよ」

「うん、やっぱりオレの子だったんだ」

これまで、息子たちは別世界にいた。親は彼らの語る話に相槌を打つだけで、その中に入り込んでいっしょに考えたり、助言したりすることはできなかった。しかし、これからはそれができるのだ。親として嬉しくないはずはない。

だが、同時に気がかりでもある。二人にとっては中年過ぎてからまったく新しい仕事に就くわけだから、大変なことは目に見えている。とくに、妻の不安ときたら、半端でない。大丈夫かしらと、毎日繰り返している。

人に物を教えることの難しさを、いやというほど感じてきたわたしである。彼らには、新しい門出へのはなむけの言葉とともに、老婆心ながら一応の心構えを説くことも忘れなかった。しかし、それで十分というわけではない。

二人には、たぶん、これから長い道のりが続く。途中には、幾多の困難があるだろう。そんなとき、この道の先輩格のわたしは、何らかの形で彼らの助けになってやりたい。むろん、専門的なことは分からないが、教えることのノウハウについてはそれなりの経験がある。また、教える喜びも知っている。

英語のことわざに、

〈リンゴの実は木からあまり遠くへは落ちない〉

というのがある。熟したリンゴは、たいていは木の根元に落ちるもので、いくら風に吹かれてもそんなに遠くまで飛んでいくことはないというのだ。

人の子どもも、たとえ親許を離れてもいずれは親の後を継いだり、親と似たようなことをするものだという喩えである。

二人とも、いまは故郷を遠く離れているとはいえ、職業の観点から見れば、親なる木の根元に落ちてくれたリンゴの実なのだ。それぞれの場所で、芽を出し、大きく育ち、やがてたわわな実を結んでほしいと願っている。

名前にまつわる話

バラはどんな名前で呼んでもよい香りがする（シェークスピア）

(1) 込める思いのいろいろ

いつの時代にも、流行の名前というものがある。

戦前の子だくさん時代には、長男から「一郎」「次郎」「三郎」とつけ、末子にいくにつれ、もうこれで打ち止めという親の願望からか、「末吉」「捨吉」などの名が目立ってくる。女も同じで、「はつ」「はな」で始まった名前も次第に「すえ」「こずえ」となり、最後には妻の母の場合のように

「とめ」となる。

戦時中は、〈勝つ〉にちなんだ名が圧倒的に多かった。妻の妹は「勝代」であり、遠縁にはズバリ「勝利」がいる。わたしの「邦男」という名も、親に聞いたことはないが推察するに、自国を意味する「邦」を冠することで、〈日本国に役立つ男になれ〉とでも願ったのであろう。

時代が移り、戦後は平和にちなんだものや豊かさを求めて付けられた名前が多くなり、次第に個人の生活に則した名付けをする風潮が芽生えてきた。

ときあたかも自分が命名する番になって、わたしも産みの苦しみを味わうことになる。なやんだ揚げ句、長男には当時熱中していた囲碁にちなんで本因坊秀哉《しゅうさい》の名をもらい、「秀哉《ひでや》」と命名した。といっても別に碁打ちにするつもりなど毛頭なく、親の欲目で何事にも衆に秀でてくれればよいとの思いであった。案の定、この子は碁石を握ったこともなく成長した。

ところが、まっすぐ育った樹木を見て単純に「直樹」と名付けた二番目の子は、間違ったことだけはまだしでかしていない様子なので安心しているが、長男の名を横取りしたのだろうか、帰郷するたび碁盤を持ち出し、闘いを挑んでくる。

子どもが名付けた親の期待どおりに育ってくれることは、まずなさそうである。そのことに気づくと、わたしも子どもの命名の由来を正直に答えるのが、気恥ずかしくなりだした。

そこで、尋ねられると、

「湯川秀樹の〈秀樹〉と志賀直哉の〈直哉〉とを足して二で割り、それぞれに付けた」

と答えることにした。

「それは、理系の頭と文系の心の両方をもつようにという親心ですね」

「その通り、ギリシャ神話の頭と胴体の違う怪物キメラのようにですね。でも、名前の合成体は無理でした。息子たちは二体に分離してしまい、一人は理系、一人は文系になっている――」

「なるほど」と妙に納得する相手に、

「冗談、冗談。後知恵です。始めからそんなつもりで付けたのではないですよ」

といったものである。

さて、名前というものは不思議なもの、長い間使っていると切っても切れない縁《えにし》を感じるようになる。考えてみれば、ペンをもつようになってから、自分の名前は何千回、いや何万回書いたことであろうか。名前はもはや単なる符丁ではなく、人格の一部となっている気がする。だから人に間違えられると、自分の存在を否定されたようで面白くない。

毎年、届く年賀状の中に、名前の書き間違いが必ず数枚はある。「邦雄」や「国男」もあるが、多いのは「邦夫」である。何十年来の知人や教え子の中にも「邦夫」と書いてくるのがあって、そのうちに気づくだろうとそのままにしているが、なかなか改めてくれない。

もう大分前のことだが、前立腺がん手術後の快気祝いを兼ねて、ある教え子たちがクラス会を開いてくれたことがある。幹事の印刷してくれた名簿を見ると、「邦夫」とある。気の置けない会合であっただけに、思わず口がすべった。

「なるほど、〈男〉でなくなったということかな。しかし離婚でもして〈夫〉でなくなったら、今度はどう書かれるだろう？」

席上、冗談で言ったつもりが、幹事はえらく恐縮したようで、後日新しい名簿をつくりなおして送ってくれた。ここまでさせようと思ったわけではもちろんなく、申し訳ないことをした。

その話を聞いた妻のいわく、

「いっそ改名もいいかもね。〈雄〉は使えないとしたら、再生を期して〈生〉はどうですか？」

〈邦生〉も悪くないな、と一瞬考えたが、やはり止めておこう。親からもらった名前はそう簡単に変えるものではない。

そういう妻は、戸籍名は「永子」だが、いつの頃からか手紙などは「なが子」と平仮名書きにするようになった。八卦見によれば、〈永〉の字はあまりに良すぎてかえって亭主の運を食いつぶし、不幸を招くからということらしい。

以来、妻はせっせと平仮名書きにしているが、いまのところ亭主の運勢は一向に好転する気配はない。

（2）あだ名から愛称まで

あるサークルに、しょっちゅうわたしを「近藤さん」と呼ぶ年輩者がいる。「わたしは安藤です」

と言っても、一度思い込んだら間違いが訂正できないらしい。

どう呼ばれようといいではないか。わたしはわたしなのだからと「ロミオとジュリエット」のジュリエットよろしく、〈名前って何？　別の名前で呼んでも、かぐわしいバラの香りはそのまま〉と割り切りはするものの、人間は感情の動物。なるべくその人とは顔を合わせたくない気分になる。

名前の間違いはまだ無邪気なものだから、それほど気にすることはないといえばいえるが、いわゆるあだ名はそうはいかない。そこには、そう呼ぶ人の意図が込められているので、受け取る側も親しみをもったり、悪意を感じたり、その反応はさまざまである。

初めてわたしが教壇に立ったとき、付けられたニックネームは「キャンデーボーイ」。この新米教師然とした名称には妙な反発を覚え、〈オレはそんな甘ちゃんじゃあないぞ〉とばかり虚勢を張って応えたものである。その名が何を意味するか、詮索する気も起こらずそのままうち捨てておいたら、一年足らずで消えた。

次にもらったのが、「小ボケ」というあだ名。生徒の質問にボケを演じて笑わせていたら、いつの間にかこの名前がついた。なぜ「小ボケ」かといえば、むろん先輩に「大ボケ」先生がいたからである。しかし一説には、生徒たちが修学旅行先で知った四国の大歩危《おおぼけ》と小歩危《こぼけ》がその由来だと、教えてくれた同僚もいた。

最後に登場したのが「アンディー」である。これまでのニックネームはどうも気に入らなかったが、この英語起源の「アンディー」は、音の類推から生まれたものだけに隠喩や換喩の持ついやらしさはなく、英語教師に相応しいものと思い、悦に入ったものである。

ところがである。ある日気づいてみたら、生徒の多くはどうやら「アンジー」と発音しているようであった。これでは「安爺」ではないか。「オレはまだ若いんだ！」と一人の生徒を掴まえて抗議したがもう遅かった。爾来《じらい》、このあだ名は永続し、定年が近づく頃にはすっかり板に付いてしまった。

さて、話をわが家に転じれば、ここでもまた呼称がいろいろ変化してきた。結婚当初、元教え子の妻はわたしを「センセイ」と呼んでいたが、子どもが生まれると「パパ」になり、成長すると「オトウサン」となった。

子どもが巣立っていくと、あたらしく「アナタ」が加わり、さらに妻の通い出した英会話教室の影響もあったのか、固有名詞で呼ぶようになった。はじめて「クニオさん」と呼ばれたときは新鮮で悪い気はしなかったが、外出先などで大声で名前を呼ばれると、他人の思惑が気になり、少々照れた。

いずれにしても、呼び方にはそれを口にする者の気持ちが反映される。妻の場合も同じで、その日の気分で「クニオ」が「クニちゃん」になったり、ご機嫌斜めのときなどは「クン太」と呼び捨てになる。「クンタ・キンテ」（注）じゃあるまいし、おれは日本の亭主だ！

と、ここまで書いてきたら、階下から女房殿の大声が聞こえてきた。

「ねー、クニオさーん、ご飯ですよー。降りてきて！」

大変、大変。早く行かないと、だんだん呼び方が変わってくるぞー。

（注）米黒人作家アレキサンダー・ヘイリーの書いた自伝的作品「ルーツ」の主人公。テレビ化され、昭和五十二年ごろ日本でも放映されるや、「ルーツ探し」などの流行語を生み、社会現象にまでなった。

亡くなったきょうだい
——血は水よりも濃い（和）

子どもというのは、成人すると家を離れていくものである。

わが家もその例にもれず、長男は就職して大阪へ行ったし、次男は大学に入学して京都に行った。一人ずつならまだしも、二人同時に家を離れていったことで、われわれ夫婦は心に大きな穴の空いたような虚しさを感じたものだ。

だが、惜別の情は当座のものであって、永久ではない。いくら遠くに離れている者でも、会おうと思えば会える。それが救いになる。しかし、家族を喪ったときの寂寥は、他の如何なるものをもってしても軽減することはできない。それは別離の比ではない。

息子たちの転出より遡ること三年、昭和五十五年五月にわたしは母を亡くしている。満七十八歳だった。母は足の骨折がもとで寝込み、一、二年入退院を繰り返した後、ついに帰らぬ人となった。

その十年前の昭和四十四年、父は脳出血で自宅療養中のところ、たまたま実家に帰っていたわたしの目の前で息を引き取った。満七十五歳。このことは、拙著『九十翁の教職一代記』の「はじめに」で触れたとおりである。

両親のことはこれくらいに留め、以下、きょうだいのことを書く。

母の死から二年後の昭和五十七年十一月、兄が亡くなった。満五十五歳、働き盛りである。三歳年上の兄は、戦後の混乱期にいろいろな職業で一家を支えていたが、後年、犬山街道沿いに食料品の店を持ち、それなりに幸せな生活を送っていた。しかし、兄は生来寡黙で気が弱く、なにか事があると酒に逃げ、そのため若くして肝臓をやられてしまった。そんな兄の最期は、酒が祟っての急性膵炎による急死であった。

連れ添った義姉の言った言葉を、今でも思い出す。

「お酒を飲まないときは本当に優しい、仏様のような人でした。でも、一旦酒が入ると、まるで人が変わってしまう――」

そう語った義姉も、いまは亡い。彼女は兄の死後も、幼稚園の先生を続けていたが、退職後はわれわれ夫婦とアメリカやスペインへの旅行を共にしたりして、まずまずの余生を楽しんでいた。だが、平成十五年五月、脳出血で倒れ、そのまま帰らぬ人となった。満七十二歳。

わたしは四人きょうだいで、わたしの下には六歳離れて弟がいた。年齢差のため、成長期にはあまり兄弟としての交わりはなかったと思う。だが、彼が中学生ぐらいになると、勉強を見てやったり、庭でキャッチボールなどして遊んでやったものだった。岐阜県の大学へ入った頃は、わたしの教師生活の影響を受けたのか、自宅で中学生相手の学習塾を開き、後にそのときの教え子と結婚している。

「あんまりオレの真似をするなよ」

と、わたしと同じ道を辿った彼をからかったものだ。

岐阜市の繊維会社に就職した彼は、そのままそこに移り住んだ。会社の覚えもよく、ロンドン支社に三年勤めたが、その後は身内優先の会社の体質に失望したといい、辞めてしまった。その後は職を転々、苦労したらしいが、最後はさる予備校の講師として再出発した。

しかし、不幸は重なるものである。すでに成人していた次男を交通事故で亡くし、ついでその数年後には、彼自身に大腸がんが見つかって入院。その上あろうことか、その最中に、脳梗塞を抱えていた妻に先立たれ、長男が喪主を務める葬儀には看護師に付き添われて列席した。悲しみが彼の寿命を縮めたのであろう、その二か月足らず後に、彼自身も旅立った。満六十六歳だった。

きょうだい四人のうち二人は鬼籍に入り、わたしと七歳下の妹が残されていたが、妹は生来、蒲柳《ほりゅう》の質で、二、三年前から呼吸器を患って寝たり起きたりの日々を送っており、令和元年八月、ついにこの世を去った。

「きょうだいの中で、一番ひ弱といわれたあなたが、一番長生きするとは不思議ねー」

妻がいつも口にする言葉である。

どういうわけか、わたしは九十になるまで生きながらえた。無神論者とはいえ、わたしは優しかった両親や早世した兄弟の霊に支えられている気がする。むろん無病息災ならぬ〈六病《むびょう》息災〉で細々と生きてきた来し方と、それを可能にしてくれた妻の尽力を忘れてはなるまい。これからも、感謝、感謝で、残された人生を全うしたい。

《われらが夫婦》

飼い犬はどっちだ

——正反対は惹き合う（英）

妻と暮らして六十年になるが、よくまあ持ったものだと思う。

それというのも、お互い性格が正反対なのだ。わたしの血液型はA型、そのせいかどうかは知らないが、どちらかといえば生真面目で慎重型。彼女はO型、小事にこだわらず楽天的。わたしは孤独を愛し、非行動型だが、彼女はおしゃべりで、社交的。典型的な内向型と外向型の組み合わせである。

性格の不一致は離婚の原因になると考えられがちだが、事実はその逆である。違う性格のほうが、結びつきは固いもの、英語のことわざはむかしからそのことを知っていて、Opposites attract.（正反対は惹き合う）という。

さて、ここまではよくあるパターンだが、問題はこれからである。妻は、外向型に輪をかけて、お人好しというべきか、向こう見ずというべきか、人の疝気《せんき》を〈気に病む〉どころか、〈背負い込む〉ほどに、他人のことが放っておけない気質。よくいえば世話好きだが、悪くいえばお節介そのもの。

世の中にはお節介を好まぬ人も多い。それに、おしゃべりが高じるとどうしてもひと言多くなる。それかあらぬか、親切で言ったつもりが悪意に誤解されることも少なからずあった。でも、他人の思惑や風評など一向に気にしないところは、まことに脳天気というか、底抜けの明るさである。

家にあっては、子どもたちが幼かった頃、食事を残そうものなら口をこじ開けてでも詰めこむほどの過保護ぶり。彼らが巣立ったあと、はけ口を失った母性愛の向かう先は推して知るべし、そこに哀れな夫が一人いたという次第。

とはいえ、いずこの夫も子どもほどには従順でないのが妻の悩み。夫婦の角逐が生まれるゆえんである。

例えば食事どき、なんとか朝食抜きで出勤しようとする夫に、どうしても食べさせようとする妻。夕食ともなれば、ビール一本では足らない夫に、一本以上は絶対に飲ませようとしない妻。また、暇があれば読書やパソコンに明け暮れる夫に、あれこれ理由をつけて、買い物や散歩に連れ出そうとする妻——と、まあかくのごとく、悶着の種は尽きないのであるが、攻防の山場で折れるのは決まってかく言う夫であった。

のみならず、それで満足する妻ではない。夫を完全に自分の掌中に収めないと気がすまないのか、夫が少しでも目の届かないところにいると不安でしょうがない。

あれはたしか、子どもたちが家を出た頃からだと思うが、夫の出勤にはかならず妻が駅まで付き添うようになった。この習慣、雨の日も風の日も、かれこれ二十年は続いた。帰宅時も同じで、「カエルコール」をすると、食事の支度で手が離せないはずのときでさえ、十回に九回までは途中まで迎えに来た。

仕事を辞めてからも状況は変わらず、近所に散歩に出かければ、ひとりでは危ないといって付き添ってくるし、所用で外出するときなども、やはり駅まで見送りに来る。

「わたし、戌年生まれだからイヌよ。どこへでもいっしょに行くの」

「ギネスブックに載せてもらおうか」

と、冗談を交わしながら、歩いたものだ。

四六時中、そんなに付きまとわれては息が詰まるのではないかと心配する向きもあるが、それはまったくの杞憂。早い話が、愛犬に付きまとわれて、息の詰まる人間はいないはずである。それに、女の妻とは反対に、生来男というものは他人の話をあまり身を入れて聞かないようにできている。

「あなた、聞いているの」

と、昔はよくなじられたものだが、いまでは積年の習慣が条件反射となって、新聞やテレビに目をやりながらも、相槌を打つことだけは忘れない。それが夫の見せかけの態度であるとしても、その努力だけで満足に値するらしく、見たこと、聞いたことを微に入り細を穿って語り続ける。夫は、それをBGMよろしく聞き流している。

もし、彼女に面と向き合い、おしゃべりにまともに付き合っていたとしたら、とうに身が持たなかったろうと思う。大江健三郎がどこかで言っていたと思うが、夫婦和合の秘訣はできるだけお互いを見つめ合わないことのようである。

同じ意味のことをサン・テグジュペリは『星の王子様』の中でいっている。愛とは互いに見つめ合うことではなく共に同じ方向を見つめることだと。

最近、妻は昔ほど、夫べったりでなくなった。ボランティアやサークル活動でけっこう忙しく、外出も多い。夫たるわたしも、むろん自分のしたいことで寧日がない。妻の不在は、一面ではありがたいことであるが、同時に少しばかり淋しくもある。居るべき場所に妻が居ない――、居間の空席はそのまま心の空洞となってわが身に襲いかかる。

そして、「わたしはイヌよ」という彼女の言葉を思い出す。しかしひょっとすると、最近はひたすら妻の帰りを待つわたしこそ、彼女の飼い犬かもしれないと考えたりしている。

ヘビのとなりにイヌがいる
――縁は異なもの〔和〕

乱雑に並べてある書棚で、ある本を探していると、片隅から別の本がわたしの目を引いた。引っ張り出して奥付を見ると、二〇〇六年発行とある。

そうだったと、思い出した。愛知万博が終わった翌年だった。その頃、わたしは体調をくずし、病院通いをしていたが、その帰りであった。気晴らしに何気なく覗いた駅前の本屋で、一冊の本がわたしに呼び掛けた。中身をあらためることもなく、その本を衝動買いした。それはまるで、われわれ夫婦のために書かれた本のような気がしたからであった。表題に、『戌《いぬ》がいると、なぜ巳《へび》は幸せなのか』とある。

わたしは巳《み》年、妻は戌《いぬ》年なのだが、今まで読んだ占いの本などでは、干支《えと》の組み合わせは、かならずしもよくないとあったように記憶している。それに、二人の性格や行動パターンはおよそ正反対である。それなのに、この本ではイヌがいるとヘビが幸せという。ほんとうか？　そんな思いに駆られて買ったのはいいが、可哀そうに積読《つんどく》の運命にさらされたままだった。

前非を悔いて、さっそく読んでみることにした。干支《えと》による占いの本だから、ページのはじめに、時計の文字盤のような十二支図があって、十二時の位置には子《ね》が、その真下の六時の位置には午《うま》が描かれている。そして、自分が子《ね》で相手が午《うま》であるときは、文字盤の中心を通って一直線に結ばれるので相性が良いが、相手が午の前後、つまり巳《み》か未《ひつじ》であるときは相性が良くないと説明してある。

われわれ夫婦の場合でいえば、わたしが巳《み》であるから、一直線に相対する干支は亥《い》であり、この亥《い》とは相性がよいが、その隣の戌《いぬ》とは相性が悪いというのである。

しかし、そうだとしたら、この本の題名と矛盾するのではないか。そんな疑問を抱きながらさらに読み進むと、次の文章に出会った。

「ヘビとイヌの関係は本人たちが望むと望まざるとにかかわらず、なぜか離れがたく結びついていて、……それだけに宿命的因縁が深いことを思わせる。……具体的にはどういうものになるかといえば、ズバリ、本来は相性がよくないにもかかわらず、会ったとたんから妙に惹かれあい、なぜかズルズルと交際がつづいてしまう仲」とある。

そんな有名人の例としては、戌年生まれの黒沢明監督に巳年生まれの志村喬さん。外国では巳年の毛沢東と戌年の周恩来などが挙げられている。そして、ヘビとイヌのコンビは、師弟または主従の、一心同体ともいうべき深い同志的関係を続けると解説していた。

イヌがいると、なぜヘビは幸せなのか。どうやらそれは、両者の間に師弟または主従の一心同体の関係が生まれるから、というのが答えらしい。なるほどと感心した。「ズルズル」という擬態語は少々気になるが、「宿命的因縁」という比喩はわれわれ夫婦の絆を言い得て妙であった。

わたしは占いというものを信じていないが、しかしこれまでも、自分の都合のいいように解釈したり、受け入れたりはしてきた。だから、今回もその伝でいくことにした。

妻のイヌがいるかぎり、夫のヘビは幸せなのだ。それに、師弟関係といえば、元教師と元生徒という間柄のわが夫婦——、初めから結びつきは出来上がっており、盤石であった。ただ、主従の仲となると、力関係に左右されるので、夫唱婦随の関係もいつまでも続くとはかぎらない。だが、婦唱夫随に逆転したとしても、それはそれで幸せかもしれない——と、最近、とみに老いを意識する夫は思うのであった。

結ばれる糸と結ばれない糸

——縁組みは天国でなされる（英）

「あなたは人を捜しているのだね。めぐり会えるかどうかはわからないが、その人は先生をしているよ」

天眼鏡を手にした男はハッキリそう言ったという。妻がまだお下げ髪の頃、夜店の並ぶ街角で、軽い気持ちで路傍の占い師に観てもらったときの話である。

それから何年か経ち、妻は教師であるわたしと生徒として知り合い、結婚した。そのとき、妻は占い師の言葉を思い出し、彼のいった〈捜している人〉とは、いま新しく夫となったこの人のことであったかと思い直したという。

「あなたとは、ずっと前から赤い糸で結ばれていたのね」

〈赤い糸〉という、いかにも少女趣味な言葉を口にしたとき、新妻は少し恥ずかしそうに頬を染めた。

だが、妻が遇えるかどうかを占ってもらったのは、実は彼女の異母兄のことであった。

妻の母は初婚に失敗し、離婚した。その後、先夫との間にできた幼子《おさなご》だったわたしの妻を連れて再婚したが、別れた先夫には、前の妻との間に一人の男の子があったのである。

妻は、母親から実父のことやその異母兄のことは話に聞いていた。ときには会いたいという気持ちも起きたが、養父への気兼ねもあって、それは心に封印したまま、成人し、結婚した。その後、妻は風の便りで、実父は亡くなったが、異母兄は健在であると知った。しかし気にしながらも訪ねるすべもなく、何十年という歳月が流れたのであった。

妻がその人の名前を発見したのは、夫、つまりわたしが卒業した名古屋経済専門学校（現名古屋大学経済学部）の同窓会である「キタン会」が縁であった。

東海地方の実業界に隠然たる影響力をもっているキタン会には、いくつかの下部組織があり、その一つに教職関係者の集まりである「キタン談教会」があった。教育界に身を投じたものは少数であったが、それでも年に一度は会合に出席し、旧交を温めていた。

友人に誘われて初めてその会に出席したのは、たぶんわたしが高校教師を定年退職してからだったと思う。それから数年たったある年、先輩の一人が健康上の理由で退会するというので、会の席上みなで色紙に寄せ書きをしたことがあった。

帰ってから寄せ書きのコピーを見ていると、横から覗きこんだ妻が驚きの声をあげた。

「あれっ？　ちょっと見せて！」

コピーを手に取った妻は、しばし絶句した。そこには、奇しくもその人の名、H・Kがあったのだ。それは、妻が子どもの頃に母親から聞き、長いあいだ記憶の底にとどめていた名前であった。

驚いたのはわたしも同じであった。年に一度顔を合わせていた同業者のなかに、妻の異母兄に当たる人がいたとは——。〈先生をしている〉といった占い師には、このことが観えていたのだろうか。

早速、その人とかつて同じ職場にいたという元教師の人に、尋ねてみた。それで分かったことは、その人は名古屋市立商業高校を定年退職した後、いまはさる私立の専門学校で教えているという。

だが、疑問があった。名前だけでその人が本当に妻の捜している相手だといえるか。同姓同名だって十分あり得るのだ。

次の会のとき、わたしはその人の間近に座った。まっすぐに伸びた背筋が長身を思わせる紳士で、眉はきりりとし、若々しく見えた。近況報告がはじまった。その張りのある声を聞き、その人と妻の顔とを重ね合わせながら、わたしは彼が妻の異母兄であることを確信した。

だが、そのときは話す機会もないままに、散会した。

帰ってからその人の印象を感じたまま伝えると、妻はそれでも念のためといって、電話番号を調べ先方へ電話をかけた。電話に出た相手はH・Kさんで、その人も継母、つまり妻の母のことを知っていて、妻の異母兄に間違いないことが判明した。

「ねえ、一度会ってみたいから、一緒に行ってくれない？」

妻は、ひとりで異母兄に会いに行くだけの勇気がなかったのだろう。

「そうだな、でも、いきなりはまずいよ。来年の会合で君のことを話して、会う機会をつくるから、それまで待ってくれ」

妻は、不承不承、納得した。

一年後、わたしは期待と緊張を胸に秘めながら、会合に出席した。会の始まる前、その人を目で捜したが、見当たらない。〈今日は欠席かな〉と少々失望していると、やがて司会者の挨拶が始まった。

「最初、悲しいお知らせをしなければなりません。実は、この会に出席するとの返事をいただいていたH・Kさんが、数日前、心不全のため、急逝されました」

まさか！　そんなことがあっていいのかと、わたしは自分の耳を疑った。断腸の思いであった。帰途、妻にどう切り出せばいいかと、そのことばかりを考えていた。

話を聞いた妻は、はじめは驚嘆し、次いで落胆したが、最後には生来の楽天的気性からか、

「でも、仕方ないわ。ご縁がなかったのよ」

と、つぶやいた。

あれほど会いたがっていた妻である。心のうちではさぞ無念であったろうと思うと、妻がふびんでならなかった。せっかく掴んだ出会いの糸口は、わたしが荏苒《じんぜん》と日を延ばしたばかりに、途中でプツリと切れてしまったのだ。

奇跡を幸運にするか不運にするかは、人間の対処の仕方にかかっているとあらためて思う。それだけに、妻が以前に喩えたもう一本の〈赤い糸〉だけは、大切にしなければならないと心に誓うのであった。

妻への感謝状
――よい妻はよい宝（英）

本日、米寿を記念して、皆さんに感謝状を進呈しましたが、ここにもう一人、忘れてはならない人がいました。それはわが妻のことです。皆さんにとっては、母であり、祖母である人です。この場を借りて、その人への感謝の気持ちを伝えたいと思います。

わが妻よ、貴女は、わたしが米寿を迎えるまで生き延びることのできた最大の功労者であり、恩人であります。

思えば、わたしたちが一九五九年（昭和三十四年）に結婚して以来、すでに五十八年を数えました。生来、わたしはあまり身体が丈夫でなかったせいで、よく病気をしましたが、とくに近年には前立腺がんを患ったうえ、現在は腎臓病や心臓疾患などをかかえ、医者通いをつづけている身です。

その間に、貴女は元看護婦のノウハウを生かして、わたしの健康のために万全の尽力をしてくれました。貴女の手厚い世話がなければ、わたしはとっくにあの世へ行っていたと思います。この歳まで生き延びることのできたのは、百パーセント貴女のお陰だと感謝しています。

だが、わたしは平素、貴女に感謝の言葉をあまりかけたことはなかったし、それどころか食事どき、わたしの手からビールを取り上げる貴女に、怒りの言葉を投げつけたりもしました。でも、そのお陰で健康が維持できていると思って、心の中では手を合わせていたのです。

ただ、謝意や愛情を言葉として率直に表現できないのが、昭和ひと桁生まれの悲しい性《さが》です。

そういえば、貴女はいつも愚痴っていましたね。

「一度でいいから『愛している』と言われたかったし、一通でもいいから、ラブレターというものを貰いたかった」と。

わたしたち世代の男は、愛を口にすることをはばかるのです。愛は言葉にしなくても心で通じると思っているのです。いや、愛は強ければ強いほど、言葉には出ないものだとも思っています。昔のことわざにも、「鳴く蝉よりも鳴かぬ蛍が身を焦がす」というではないですか。

そういうわけで、わたしは貴女に愛の言葉をかけたことはなかった。だが今、八十八歳の米寿を迎え、いつ死ぬともかぎらない我が身のことを考えると、愛の気持ちと感謝の言葉をこの機会にぜひとも伝えておかなければならないと決めたのです。

思い起こせば、貴女は、わたしが大学を卒業して、初めて受けもった定時制高校のクラスの中にいました。三つ編みの髪を垂らした、切れ長の大きな目の女の子でした。看護婦学校を出てきているので、中学から進級した生徒より二年歳上であっただけに、落ち着いた、姉さんタイプの生徒だったことを憶えています。そんな貴女は学年を代表していろんな活動をしてくれました。

だが貴女の在学中、わたしは貴女と終生を共にすることになるとは夢にも思いませんでした。

数多い生徒の中の、真面目で勉強熱心な一人の生徒ぐらいにしか、意識していませんでした。

そのわたしが貴女と付き合うようになったのには、貴女も憶えていると思いますが、一つのハプニングがあったのです。

貴女たちの学年が卒業すると同時に、わたしは同じ高校の定時制から全日制の教師生活に変わっていました。そんな生活を始めて、数か月経った頃だったでしょうか。或る日の授業後、貴女も教わったYという同僚の先生と、笹島辺りの飲み屋で飲んでいました。

ところが勘定のとき、互いに相手の懐を当てにしていたのか、二人合わせても金が足らないことに気づいたのです。

「大変だ、どうしよう」

と話し合っているうちに、Y先生は運良く卒業生名簿を持っていることに気がつき、それを見ると貴女が近くの病院に勤めていることが分かったのです。

「今度も、元室長の彼女に助けてもらったら――」

そう焚きつけるY先生は、彼女が担任のわたしを助けていろいろなことをしてくれたことを知っていたのです。その言葉に乗って、わたしはさっそく貴女に電話しました。

そういうわけで、やって来た貴女に勘定を負担してもらって、その場を無事に切り抜けたのでしたね。

それから貴女との付き合いが始まったのですが、いろいろなことがありました。

それは省くとして、わたしが貴女との結婚を決意したときのことは、話さなければなりません。

あれは、伊勢湾台風のときでした。

死者・行方不明者五千人以上という台風の翌日、貴女は市電がまだ回復していない中をどうしてやって来たのか知らないのですが、幸い名鉄電車は動いていたので、それを利用してはるばる遠い春日井の実家まで駆けつけてくれたのには、感激しました。

そして春日井の実家で、倒れた木や鶏小屋の片付けを手伝ってくれましたね。わたしがこの人と生涯を共にしようとあらためて心に誓ったのは、そのときでした。

こうして結婚したわたしたちは、最初の鳴海団地から星ヶ丘団地へ、そして今の藤が丘の家へと転居を重ね、わたしが学校を四つ替わるあいだに、貴女は子育てと病院のパートタイムとに明け暮れる毎日でした。

いま思うと、わたしは仕事にかまけて、子育てや家事はいっさい貴女任せでありました。貴女は何の不平も言わず、わたしを支え、わたしについてきてくれました。

本当に貴女は、自分より子どもや、夫のことを気遣う、情の深い女性でした。

思い出しますが、子どもたちが巣立ってからは、わたしが職場から藤が丘駅について「カエルコール」をすると、雨の日も風の日も、かならず駅まで迎えにきてくれましたね。

今でも、毎晩、貴女は手動のマッサージ機でわたしの足のマッサージをしてくれます。マッサージを受けながら、この幸せがいつまで続くのかと思うと、嬉しいと同時に不安な気持ちにも苛まれます。

わたしは貴女を妻として選んだことを、わが人生最大の幸福だと思っています。どうかいつまでも元気に生きてください。わたしも生きるつもりですから。

この感謝状は、わたしが貴女に送る最初の、そして多分最後になるかも知れませんが、そんな思いを込めたラブレターのつもりです。

米寿を記念してわたしの思いを述べさせてもらいました。そして子どもたちや孫たちにも、わたしの気持ちを聞いてもらうとともに、わたしたち夫婦の現在にいたるまでの経緯を披瀝させてもらいました。ありがとう。


以上は、米寿祝いの席で、子どもや孫たちを前にして読み上げた感謝状である。

最後のページ辺りを読みすすんでいるとき、わたしは思わず何度も声をつまらせた。涙が自然に頬を伝わった。妻や子どもたちの前で、わたしが泣いたのは初めてであった。

老いがそうさせたためであろうか。いや、多分それは、俳優が自らの演技に感動して涙するように、子どもや孫の前で初めて行った過去の経緯と現在の心情の告白に、自らが感動したせいではなかったろうか。

読み終わると、しばらく無言が続き、水洟をすする音だけが耳に響いた。

「わたし、このラブレターを一生の宝にします」

妻の声が沈黙を破った。

「おじいちゃん、お金無しで飲んじゃあ、ダメだよ」

「二人とも、相手がお金を持ってると、思ったんだね――」

孫たちが囃し立てると、ようやく一座に明るい宴会の雰囲気がもどってきた。

「さあ今度は、わたしたちがおじいちゃんに贈り物をするね」

そういいながら、孫娘は紺色のメッセージ・ブックを手渡してくれた。開いてみると、「祝米寿」と題した家族一同の寄せ書きがあった。

「へえー、サプライズにサプライズのお返しだね。ありがとう」

と、わたしはふたたび目頭を熱くした。

こうして二時間にわたる祝宴は、幕を閉じたのである。

家に帰ると、小包が届いていた。開けてみるとびっくり、完成は来年になると聞いていたくもん出版の『やさしい英語のことわざ』第一巻が、燦然と輝いていた。

「ねえ、三度目のサプライズよ！」

孫たちの声を聞きながら、わたしは執筆に当たって何度も意見交換をした編集者Y・Kさんの粋なはからいに感謝した。

そしてこの記念すべき感動の日は、生涯忘れることはないと肝に銘じたのであった。

《小さな奇跡に出会う妻》

ナサニエル・ホーソンの短編に、こういうのがある。

ある若者が旅の途中、カエデの木陰で休んでいるうちに眠ってしまう。そこをいろいろな人が通りすぎる。最初は富裕な商人の夫婦。その若者を自分たちの養子にしようかと相談するが、話半ばでちょうどやって来た駅馬車に乗ってしまう。次に現れたのはやはり金持ちの商人の一人娘。彼女は若者を見て胸をときめかすがそのまま行き過ぎる。最後に二人連れの盗賊が近づき、短刀を突きつけて若者の荷物を奪おうとするが、たまたま猟犬に嗅ぎつけられ、慌てふためいて逃げていく。そんな事実はつゆ知らず、若者は眠りつづけるのであった――。

このように目と鼻の先で起きても、気づくことも、ましてかかわり合うこともなく過ぎ去る出来事は、われわれの周りにも数え切れないほどある。ホーソンは、それが人生だという。

だが、もし若者がもうすこし早く目覚めていたら、どうなっていたろうか。彼は千載一遇の瞬間に立ち会い、すばらしい人生の幕開けを経験したかもしれないし、逆にこの上もなく不幸な運命に見舞われていたかもしれない。

次は、そのような〈奇跡の瞬間〉に遭遇した妻の話である。

もどってきた自転車
——天網恢々疎にして漏らさず（老子）

もう何十年も前のことである。その日、急ぎの用があった妻は、駅まで自転車で出かけ、地下鉄に乗った。所用をすませて帰ってみると、停めておいたはずの自転車がない。記憶ちがいかと思って、別の場所をあちこち探してみても見つからない。急いだあまりカギをかけ忘れ、誰かに盗られたのだろうか。

この自転車、実は次男が初月給の記念にと、贈ってくれたものであった。それだけに、妻にとって諦めきれない自転車なのである。

その日から、妻の自転車探しがはじまった。公設の自転車置き場はむろん、スーパー、コンビニ、本屋、パチンコ屋など、自転車が置かれている場所は隈なく探しまわった。だが、ようとして所在不明、根気強い妻も、さすがに一か月もするとようやく思い切りがついたのか、自転車のことは話題に上らなくなった。

それからさらに一、二か月たったある日、妻はわが家にあるもう一台の自転車に乗って、近くの神明社へ出かけた。お参りかたがた、たまっていた御札のたぐいを焼却してもらうためである。

地下鉄の高架沿いの道路と交わるところにさしかかったとき、目の前を一台の自転車が通りすぎようとしていた。直感が脳裏をよぎった。自転車を飛び降りた勢いで、思わず大声を出した。

「ちょっとすみませーん！」

男が〈なに？〉という顔で、そのままペダルを踏む足を止め、振り向いた。風采のあがらない中年男である。彼の跨いでいる自転車は、まぎれもなく、数か月ぶりに対面する愛車であった。

「あのー、その自転車のことですけどー、それ、わたしのものではー」

「あー、これ？」

男は自転車から降りながら、悪びれた様子もなく平然と言ってのけた。

「ちょっと借りているだけだよ」

そして、さらにつけ加えた。

「悪かったね。あんたの家までもっていってあげるよ」

とんでもない！　こんな人にわが家にまで来られたら、何をされるかわかったものではない。

「いいえ、結構です。そこに停めておいてください、あとで取りにきますからー」

男は自転車を置くと、そそくさと立ち去っていった。

そのときのことを思い出すと、妻はまるで白昼夢の出来事のような気がするという。

もう一分、いや三十秒でも遅かったり、早かったりしたなら――、そしてなんの変哲もない自転車が自分のものだと直感しなかったなら――、おそらく息子の贈り物はもどらなかったであろう。

まさに何百万分の一の〈奇跡の確率〉である。しかも、お参りの後ときては、妻は何やら因縁めいたものを感じたようだった。

それにしても、妻にはそんな小さな奇跡が何度も起きている。半生をともにした夫には、それがほとんどない。何故か。その違いは〈奇跡〉なるものに気づくか気づかないか、つまり関心と注意力の有無の差にすぎないと、無神論者の夫は考えるのであるが――。

姿なき救世主
――自己保存は自然の第一の法則（英）

「わたしが命拾いしたのは、アミちゃんのお陰よ」

思い出しては、妻は口癖のようにいう。

十年ほど前の初夏のある日、久しぶりの上天気で、妻は家中の窓を開け放ち、二階のベランダで干し物をしていた。

門扉の開く音がして、誰かが入ってきたような気配が感じられた。急いでベランダから室内の階段へまわり、途中の踊り場まで降りると、玄関が見渡せた。

ドアは閉めきってあるのに、すでに中に誰かが入っている。背広姿のサラリーマンらしき中年男。一瞬、妻はギョッとした。ベルを鳴らすでもなく、許可を請うでもなく、いきなり他人の家に入り込むとは！　目を凝らすと、青白い顔は緊張のためであろうか、引きつっているように見えた。

男は上がりがまちにカバンを置くと、中から何かを取り出そうとしている。男の異様な行動に妻は危険を直感。脱兎のごとく階段を駆け降り、その勢いで、

「ちょっと失礼！」

と叫ぶや、裸足のまま男の側を駆け抜け、玄関を開け放って外へ飛び出した。そして隣家に向かって、大声で叫んだ。

「アミちゃーん！　アミちゃーん！」

妻の勢いに、男は度肝を抜かれたのか、これもまたアッという間もなく、無言のまま妻の背後をすり抜け、走り去った。この間、二、三秒もあったろうか。開け放れた門扉を締めながら通りを見渡すと、男の姿はもはや影も形もなかった。

家に入って、早速警察に電話した。

「怪しい男がこの辺をうろついています。みなさんに用心するよう呼びかけてください」

帰宅したわたしに、妻は興奮冷めやらずの風情で、事の仔細を話した。

「ところでアミちゃんって、たしか隣のイヌの名では――？」

「そう、お隣の犬よ」

「へー？　でも、あの犬、もう去年死んだんじゃない？」

隣家には十年来の飼い犬がいたが、この事件の一年ほど前、老衰で死んだはずである。

「そうよ。でも、どうして死んだアミちゃんに助けを求めたのか、自分でも分からない――。あの子、きっと、天国からわたしを助けてくれたにちがいないの」

「そうか、その男、まさか犬を呼んだとは思わなかっただろうね」

妻はいまでも、あれは訪問販売を装った空き巣狙いか、押し込み強盗にちがいないと信じている。難を逃れたのは、ことのほか妻になついていたアミちゃんのお陰なのである。

しかし、妻の思い込みとは裏腹に、あれは本当は気の弱い、善良なセールスマンではなかったろうか。わたしの心の片隅には、そんな考えもある。

それというのも、うっかり開け放しにしておいた玄関のドアからふっと入り込んだセールスマン氏、案内を請う声をかけたが、干し物に余念のなかった妻にはそれが聞こえなかったかもしれないのである。

いずれにしても、妻にしてみれば九死に一生を得た思いだったろうし、消え失せた販売員も妻の態度にびっくり仰天、身の危険を感じたのは確かであろう。その意味では、〈自己保存は自然の第一の法則〉という英語のことわざを地でいったような出来事であった。

「あら、またカギがかかってないわ」

今日も夫の不用心を咎めながら、外出から帰った妻は内側から玄関に施錠している。何ごとにも大ざっぱな妻が、昼間でも玄関にカギをかけるようになったのは、あの事件があって以来である。

息子が帰ってきた

――子どものことで幸せな者は本当に幸せである（英）

これも二十年ほど前のことであるが、妻はいまでも、あの日の出来事をありありと思い出すという。

わが家の近くにはＪＩＣＡ（国際協力機構）の研修センターがあって、そこではアフリカ、中南米、アジアなどから多数の人々を受け入れていた。彼らは一定期間、近辺の会社や工場に通い、いろいろな職種の技術を習得するのである。

その研修センターでは、年に一度、地域の人たちと交流パーティーを開いていたが、英会話の勉強をしている妻は、外国人と会話ができるのが楽しいらしく、よく出かけていたものだ。

ある年の秋祭りの日に、恒例のパーティーが行われた。妻は数日前から風邪でふせっていたが、その日は気分も良くなったので顔を出すことにした。

会は立食形式で、テーブルには外国研修員たちが手作りしたそれぞれの国の郷土料理が並べられてあった。料理を食べながら、妻はたまたま一人のアフリカ人と話す機会があった。名前はソロモンといい、年の頃は四十歳前後、背の高い、陽気な人柄で、聞けば故国の大学で化学を教えていたという。そして今は、瀬戸市のある工場でセラミックスの技術を学んでいるらしい。

当時、ＪＩＣＡ職員の次男がアフリカに派遣されていたこともあって、かの地の事情を知りた

かった妻は、彼と話を弾ませた。閉会のあと、妻はもっと話を聞きたいと思い、

「夫も喜ぶと思うので、一度わが家へ遊びに来ませんか」と誘った。

それから何日かたったある土曜日の午後、わたしはたまたま用があって外出中であったが、ソロモンは一人のアフリカ人女性を連れてわが家を訪問した。彼女は、同じセラミックスの勉強をしている同郷の仲間だという。

妻は下手な英語を使い、相手もたどたどしい日本語を交えながら、アフリカの現状や彼の家族のこと、日本での生活などについていろいろ語り合っていた。そのうちに、話がわが家の息子のことに及んだ。

「わたしの息子は、いまザンビアにいる」と妻が言う。

「えー？　ザンビアだって？　それ、ぼくの国だ！　で、ザンビアのどこに？」

と、驚いたソロモンが聞き返す。

奇跡のとびらが開きはじめたのは、そのときであった。

「ジャイカに勤めている」

と言って、妻は息子の名前を告げた。

「えーと、その名前――どこかで聞いたような気がする。ちょっと待って」

彼は胸ポケットから封筒を取りだし、一枚の用紙を開いた。

「ワーオ！　コレ、オナジ名前――、コレヲ書イタヒト、ヒー・イズ・ナンバーツー・イン・ジ

ャイカ！」

彼は絶叫しながら、その用紙を妻に手渡した。見ると、それは資格証明書らしきもので、最後に息子の署名がしてある。まぎれもなく、それは息子の手書きであった。

まさか！　息子の自筆の文書がアフリカ人とともにはるばる海を渡ってこの日本の、しかも数ある都市のなかからよりによってこの名古屋にまで運ばれて来ようとは！　なによりもかにより も、異国のアフリカ人が縁もゆかりもないはずのわが家の妻の眼前に、息子の書いた書類を持参してくるとは――。これを奇跡と言わずして、何と言うことができよう。

妻は呆然として、目を疑った。次の瞬間、ソロモンの顔がぼやけたかと思うと、突然、息子の顔に変わった。息子が戻ってきて、目の前にいる！　そんな錯覚に襲われたとき、妻の目からどっと涙が溢れた。

後日、息子にメールでそのことを伝えると、所長が不在の時には代理の者が紹介状や証明書にサインをすることもあるという。ソロモンの書類も、そのとき息子が署名した一枚だったのだ。

偶然とは、かくも不思議なものか。もしザンビアで所長が留守でなかったなら、息子が署名することもなかったであろうし、また、もし妻の風邪が長引き、交流会に出ていなかったなら、ソロモンに出会うこともなかったであろう。息子の署名にめぐり会えたのは、そんな偶然の積みかさねがあったればこそと思うと、妻は涙を拭うことも忘れ、息子が側にいるひとときの幸せに浸っていたという。

エッセイの巻

最善の読書の方法

――思考のない読書は消化のない食事と同じ（エドモンド・バーク）

（1）すぐれた感想文には対決のドラマがある

皆さんの感想文を読んで、何に不満をもったのかをお話ししましょう。それは皆さんの感想文の多くが、主眼点が不明で、一体何を言っているのか、あるいは言おうとしているのか、どうもよく分からないということです。

大抵の皆さんが断片的な感想をところどころに羅列しながら、ストーリーを追うのに精一杯であるか、またその反対に書物の内容から全然離れたところで、われとわが感想に酔いしれながら、自分の体験だけを語っているにすぎないのです。つまり、わたしたちには、皆さんのこれだけはどうしても訴えたいという内心の激しい叫びが、あまり感じられませんでした。

しかしその中にも、優れた作品もありました。満票で第一位になったJ子さんの『異邦人』は、すばらしい感想文でした。

何がすばらしいかといえば、第一に、彼女は深く理解した内容を、自分自身の言葉で正確に表現しているということです。第二に、彼女は作中人物のムルソーになり切っている、あるいはなり切ろうと必死に努力している。第三に、今度は逆にそのムルソーから自分自身を引き離し、「彼の生き方に疑問をいだき」、何が彼の生き方を生み出したのか、執ように追求していきます。見事な読書の態度ではありませんか。

同じ優秀作のM子さんも『月と六ペンス』の感想文の中で、次のように書いています。「主人公が彼女を面と向かって嘲笑し、軽蔑したとき、それまで彼の理想主義に陶酔していたわたしは、彼と対決しはじめた」と。この文章は、著者と読者の関係を象徴的に表しています。

すぐれた感想文は、このように、作中人物あるいはそれらを創り出した著者と、それを読む読者とが、深くかみ合い対決する姿勢から、生まれるものです。そして著者と読者とが「かみ合い」「対決する」ところに発生する息づまるようなドラマが、感想文の魅力になるといえます。

(2) 読書の原理は一致と対立

さて、すでにおわかりのことと思いますが、すぐれた感想文の背後には、それを支えるすぐれた読書の態度があるのです。そしてすぐれた読書の態度とは、読書する自己が読書対象である書物に積極的に働きかけ、かみ合い対決しつつ、書物の内容を自分の経験として同化していこうとする態度のことです。

例えば、漱石の「坊っちゃん」を読むとします。皆さんはそこに描かれている事件を「坊っちゃん」とともに喜んだり、怒ったり、悲しんだりします。つまり、その小説を読んでいる間中、皆さんは自分の立場を離れて、作中の「坊っちゃん」になり切っています。「坊っちゃん」は自分であり、自分は「坊っちゃん」なのです。ここでは読書する自己が他者である書物と完全に一体となっています。これを「自他一致」の世界と呼ぶことにしましょう。

しかし、皆さんはこのような「自他一致」の世界にのみ留まっているかといえば、必ずしもそうではありません。皆さんは「坊っちゃん」であると同時に、ときには「坊っちゃん」の無鉄砲なせっかちさにハラハラしたり、彼の単純な正義感に疑問を持ったりします。

このようなとき、皆さんはすでに「坊っちゃん」の立場を離れて、つまり自分自身の立場にかえって、「坊っちゃん」の生き方を批判しているといえます。この関係は「自他一致」の関係でなく、「自他対立」の関係と呼ぶことができます。

読書とは、このような「一致」と「対立」の関係を通して、自分の経験を高めていく過程にほかならないのです。

（3）まず自分を無にして対象に没入すること

ところで、このように読書が「自他一致」と「自他対立」の過程であるとするならば、皆さんは自分の読書を真に実り豊かなものにするために、それらの原理の上に立って自分の読書の方法を確立しなければならないということになります。

そこでまず、皆さんは書物と自己との間に徹底的な一致関係を作り出さなければなりません。去来する雑念を捨て、全関心をあげてその書物に没入しなければなりません。書物の内容を自分の主観や偏見でゆがめることなく、虚心に、ありのままの姿で、いわば心の鏡に映し出さなければならないのです。

「坊っちゃん」になるだけでは不十分です。その作品の中のあらゆる人物になり切って、彼らとともに感じ、考えなければなりません。さらにいうならば、それらの人物を創造した漱石その人になるのです。そのときにこそ、著者の偉大なる経験が、皆さん自身の経験として皆さんの中に生きかえることができるのです。

（4）対象と一体化した自己を対象から切り離す

さて次は、「自他対立」の過程、すなわち書物と一体化した自己を書物から切り離すことを考えてみましょう。

読書ということが一つの認識活動である以上は、皆さんは例えば音楽に聞き入っているときのような、理想的な「自他一致」の世界に留まっていることは不可能なことです。

前述の「坊っちゃん」の例でも明らかのように、読書している最中にも対立は起こり得るのですが、しかし本来の意味での対立は、やはり書物を読み終わってからだといえましょう。

それは、読書というものを現実の生活と対比させ、大きな立場から考えるとわかります。読書過程がまず皆さんの一切の諸能力をあげて対象としての書物に合一することであるとすれば、読書活動そのものが実は「自他一致」の過程といえるのです。そして書物を読み終わって現実の生活にもどったときこそ、それまで対象に没入し隷属していた自己が真に対象から分離し、対立し始めるときなのです。

(5) 拡大された経験をいかに定着させるか

皆さんが現実の場で回復する自己は、読書以前の狭い自己ではなく、読書によって拡大された自己であることは明らかです。しかし、そのような自己はいわばまだ純粋な読書の世界から生み出されたばかりであり、純粋であるだけに強固ではありません。それを本当に皆さん自らの独立した自己として現実に定着させるためには、皆さんは読書する自己、すなわち書物の偉大さを同化した自己と現実の世界で生活する自己とを対決させ、交互に批判させる過程を経なければなりません。

具体的にいえば、友人や先生にその書物について意見を尋ねてみたり、その書物について書かれた他の書物を読んだりすることもよいでしょう。また読書会などで意見の交換をしたり、読後感想文や書評を自分で書いてみたりすることも必要でしょう。

いずれも、読書で得た経験を現実の生活の場に生かすための努力といえます。書物を読んでも、読みっぱなしでは、たとえそのときその場での自己の経験が拡大されることはあっても、現実の世界に生きる自己としての経験は決して豊かになることはないからです。

（6）感想文を書くことの意義は何か

最後に感想文を書くことの意義について、考えてみたいと思います。

それは、読書によって拡大された自己を、現実の生活の場に定着させるための一つの試みであるといえるでしょう。しかし「書く」ということはただそれだけではありません。自他一如の読書の理想郷において自他分離が始まるとき、自己はまずその未分化の混沌を漠然たる印象として意識し始めます。やがて自己はその印象を秩序づけ、言葉として語り出します。それは対象を語ることであり、同時に自分を語ることであります。

こうして、対象即自己の境地を語るとき、その自己は以前の自己であるとともに、すでに以前の自己ではなくなるのです。何故かといえば、自己を描くということは自己を客観化することであり、描かれる自己を描く自己から分離することだからです。描かれる自己は古い自己であっても、描く自己は古い自己を脱皮した新しい自己なのです。このような自己分離あるいは自己疎外を通して、人間は成長し、進歩していくものなのです。

さて、結論に近づいたようです。話が大変むつかしくなりましたが、結局、わたしのいいたいことは、読書の世界において皆さんは第一に、書物に没入し、書物自体になり切ってしまうのです。そして第二に、そのような「書物になり切った自己」から「書物の偉大さを同化した自己」を分離し、現実の生活の場で独立させせなければなりません。

これは一種の自己否定の過程といえるかもしれません。つまり自己が自己と対立し、自己が自己を分離し、自己が自己から独立するとき、はじめて皆さんは一冊の書物を読み終えたといえるのです。

読書感想文を書くことは、このような自己分離をもたらすための一つの契機なのです。これからも皆さんは読書の後には、メモでもよいですから、感想文を書いてください。そんな暇はないというのであれば、せめて友人同士で話し合うことでもよいのです。そうすれば、皆さんの読書生活はかならず豊かになるはずですから。

（昭和高校図書館報・昭和四十七年）

弱さがあるから成長する

――艱難汝を玉にす（和）

人間は誰でも、程度の差こそあれ、怠け心がある。怠け心は、学校のある間は比較的抑えられているが、冬休みになると一挙に表面に現れてくる。

街へでると、商店街はジングルベルの音とともに、年末大売り出しをやっている。パチンコ屋はある、喫茶店はある、成人映画はやっている、自動販売機では、酒やタバコは売っている。つい、手を出したくなる者がいても、不思議ではない。

さまざまな誘惑、その中にあって、屈せず自己を律するには、よほどの強い意志と勇気が必要である。そして戦う相手は、自分自身なのだ。

おのれの怠惰、おのれの弱さを完膚無きまでに、やっつける覚悟がなくては、戦いに勝てない。それはいってみれば、われわれ自身の中にある怠け心と向上心との戦いであり、葛藤である。

ときどき、そのような心の葛藤をもたない、優等生的人間がいる。彼は外界の誘惑を何ら感じることなく、「われ関せず焉」としておのれの道を邁進している。彼はある意味では立派である。しかし、ある意味では、かわいそうな人間である。心の葛藤のない人間に、真の成長はないからだ。

先日、ある問題を起こした生徒の提出した反省文に、次のようなくだりがあった。

「自分の心の中には、他人の迷惑を顧みない、自分だけよければ良いという、エゴイスティックな一面があって、我ながら嫌になります。果たして、自分は立ち直れるでしょうか」

後で彼を呼んで、わたしは言った。

「自分の弱点を自覚すればこそ、それを克服しようとする自制心が生まれるし、自分をコントロールする能力も身につく。弱点がなければ、それを乗り越えようとする努力もない。弱さにうち勝ったとき、人は真に強い人間になれる。不完全だからこそ、人間は完全になれる」

人間の弱点を真珠にたとえた人がいる。真珠貝は、柔らかい貝の肉の間に小石を入れられると、痛くてしようがない。体内の異物である小石を柔らかく包み込み、同化しようと成分を出しているうちに、小石はやがて光り輝く真珠になる。人は誰でも、心の中に弱点や欠点という小石を抱えていればこそ、やがて素晴らしい真珠を生み出すことができるのだ。

（昭和高校訓話メモ・昭和五十二年）

厳しさに堪える力を

——人生は自分でつくるもの（英）

去年、わたしは同僚の先生方と赤倉へスキーに行った。そこで、わたしは思いがけず事故にあって、左肩胛骨に肉離れを起こし、地元の診療所で手当を受けた。

そのとき驚いたことは、わたしがそこにいた三十分ぐらいの間に、スキーに来ていた小中学生が次々と三人も、骨折や捻挫で診療所に運び込まれてきたことだ。

付き添いの先生が言うには、最近の子どもたちはすぐに骨折をする。原因は彼らの骨が脆いというより、骨を支える筋肉が弱いからだそうだ。そして「身体の鍛え方が足らない教育にも責任があるでしょう」とつけ加えた。

その通りだと思った。戦後の教育は、勉強面ではすぐに吸収できるように分かり易く教えるし、体力や精神面ではすくすくと育つようにと、障害や困難を取り除いてきた。それはそれなりに、よい成果をもたらしたのは事実だが、一面では困難を自力で克服しながら成長していくという、人間にとって大切な機会を奪うことになった。

最近増加した登校拒否も、そのことに関係があるのではないだろうか。

昔の母親は子どもが転んでもすぐには起こさなかったものだが、最近の甘い母親は子どもが転ぶとすぐに飛んでいって起こす。そのうえ、転んだ原因の石ころや柱を叩いたりして、「いい子、いい子、悪いのはこの石ね」といったりする。

自分の不注意で転んだと知れば、子どもは二度と転ぶまいと思って注意するが、悪いのが石であると教われば、成長の努力は停止するばかりか、非を相手のせいにする態度を身につけてしまう。

登校拒否のもう一つの原因として、父親の権威喪失ということがよく言われる。「父なき社会」という本を書いた西ドイツの精神科医がいるが、現代社会の特徴は父親の子どもに対する影響の弱まったことにあるとしている。昔は「父よあなたは強かった」と歌にもうたわれたが、時代の流れは、父親の権威主義を否定する方向に動いているようだ。残念なことに父親はもう、子どもの手本ではなくなってしまったようだ。

（旭丘高校訓話メモ・昭和五十三年）

形から心へ
――立派な外観が人を作る（英）

管理教育への批判がマスコミではかまびすしい。とくにやり玉にあげられるのは、新設校での生徒指導の厳しさである。いわく、「個性を押しつぶす集団訓練」「心を無視した形だけの生活指導」等々。

むろんあまりにも形式主義的なしつけ指導によって、個性や心が損なわれることはあるだろう。教師として、自戒すべきは当然である。しかし、だからといって、「形から入るしつけ教育」が間違っているというのは、教育そのものの否定ではなかろうか。

しつけ教育の一つにあいさつの励行がある。だがここにも、管理教育批判の影響があって、形だけのあいさつの奨励は意味がない、とする意見がある。もっともらしく思えるだけに、これほどミスリーディングな考えもない。それは、心が大切と思わせて、実は本来一体であるべき心と形を、別個のものとして分離するだけでなく、二つはそもそも相容れないものという、誤った考えを前提にするからである。

あいさつは形であるが、同時に心でもある。朝の出会いにあいさつされて、悪い気のするものはいない。反対に、知らぬ顔の半兵衛では、面白くなかろう。それが人情というものだ。

形がなければ、心は伝わらない。愛の心は、形に表してこそ伝わるし、また深まりもする。形とは表すものである。それは行為であり、実践である。

この「形から心へ」という道こそ、日本古来の武道や芸道の伝統でもある。これはしつけ教育の方法として、もっと見直すべきではなかろうか。

（昭和高校PTA会報・昭和六十一年）

一冊主義の教え

――二兎を追う者は一兎をも得ず（英）

三学期は、受験の季節である。毎年この時期になると、書店には「これさえやれば絶対合格」式の受験雑誌や参考書の類が氾濫する。学力に自信のない受験生にかぎって、飛びついて買う傾向がある。だがこの期《ご》に及んで、そんな買い物は、百害あって一利なしである。実力をつけるどころか、知らないことが余りに多いのを発見して、不安を増すのが落ちである。受験間際となって一番大切なことは、使い古した教科書や参考書を、今一度ゆっくり読み返すことである。

先日ラジオで、ある受験指導の権威が、一冊の参考書の徹底的精読を勧めていた。入試に最も有効な方法が参考書の「一冊主義」であるとは、今も昔も変わらない鉄則なのかと思って、その話を聞いた。ただ、昔は本が少なかったので、いやでも「一冊主義」にならざるを得なかった。出版物のあふれるこの情報化社会では、敢えて「一冊主義」に徹することは、はなはだ難しいことである。

上智大学の渡部昇一教授は、この情報過多の時代に生きる知恵として、「情報の遮断」ということを説いている。教授によれば、現代人の判断力を狂わせるものは、情報の不足ではなく、かえってその過多である。情報を遮断し、情報量を減らすことで、想像力を回復し、本質を見抜く力を得ることができるという。まさに情報の「一冊主義」である。

浅い穴はいくつ掘っても、水は出ない。深い井戸なら一つ掘れば、無限の湧き水が手にはいる。書物や情報についても、事情は同じである。

（昭和高校ＰＴＡ会報・昭和六十一年）

蛍雪の功なりて卒業

——歳々年々人同じからず（劉廷芝《りゅうていし》）

今年も、四百五十六名がめでたく本校を発つ。三年前、鳥にたとえれば雛であったものが、いまや成鳥となって巣立つ。桜にたとえればつぼみであったものが、いまや満開の花を咲かせている。まことに、この三年間の彼らの成長は目覚ましい。保護者の方々の喜びも、ひとしおであろう。しかし教師は喜びの中にも、一抹の淋しさを禁じえない。それは丹精して育てたものを手放すときの、哀惜の念である。

卒業式のたびに、思い出す詩がある。唐の詩人、劉廷芝の「年々歳々花相似たり、歳々年々人同じからず」である。詩人はある日、まずこの一連の句を得、それを敷衍《ふえん》して長詩「白頭を悲しむ翁に代わる」を作ったという。むろん「人同じからず」の句には、変わらない花の美しさを前にしての、変わりゆく人間の悲しみがこめられている。

ある会社の入社試験にこの句が出題されたところ、「同じことを繰り返す自然に対し、年々成長する人間の偉大さを詠んだ詩」と解釈したものが多かったという。誤解とはいえ、いかにも青年らしい考え方ではないか。若者が「歳々年々人同じからず」の句を得たとすれば、それに自分の成長を讃える喜びを託すのは、当然かもしれない。

発展であれ、退化であれ、人間は同じところにとどまることはできない。それだけに、人は現在という時間を大切にし、向上の努力を怠ってはなるまい。四月には、咲き誇る桜を眺めて、白頭を嘆くのではなく、若者のように、自らの成長の成果をかみしめ、喜びたいものである。

（昭和高校ＰＴＡ会報・昭和六十二年）

《わがパソコン歴》

パソコンとのつきあい

――好きこそ物の上手なれ（和）

昭和五十四年、当時在職していた昭和高校の校長室で、わたしは初めてミニコンなるものを目にした。新しく転任してきた校長が、一台を校長室にいれたからである。

ミニコンとはミニ・コンピューターの略で、パソコンの原型をなすものであった。一台が百万円以上したミニコンは、職場では少しずつ数を増していったが、もっぱら入試の採点業務や時間割編成など、数理計算に使用されていた。

ソフトがなかった時代であった。何人かの職員は、数少ない学校のミニコンを使って、いろいろなソフトをプログラミングしていた。だが、わたしはもっぱら利用する立場にあって、校長が開発した時間割編成プログラムで時間表をつくったり、因子分析のソフトを使って生徒の意識調査の結果を集計・解析したりしていた。

初期のコンピューターはその名の示すように、コンピュート、つまり計算する機能だけをもっていた。だが、進歩の速度は驚くべきもの、計算機は数年たつと文字変換能力を獲得するようになった。最初はカナ文字、次にはひらがなから漢字へと、その能力は進化していき、ついにワープロ機の登場となった。

わたしが初めて個人的に持ったのはそんなワープロ機で、ブラザーからでていた十万円の製品であった。細長い画面に一行の文字しか表示しない代物だったが、それでも叩いたキーがそのまま日本語となり、しかも活字印刷ができることに驚喜した。

そうしているうちに、ワープロ機はパソコンに取って代わられた。流行に遅れまいと、さっそく購入したパソコン一号機はNEC製。基本ソフトはMS-DOS、ワープロソフトは「一太郎」であった。

平成二年に短大へ再就職してからは、研究費で何台か購入したが、わたしの機種は一貫してNECだった。しばらくするとアップル社のマックが現れ、一時、大学のパソコン教室はすべてマックになった。しかし、巻きかえしを図ったマイクロソフト社がウィンドウズを開発、再びマックに取って代わるようになった。

その間、基本ソフトのウィンドウズは98から2000になり、さらにXP、VISTA、7《セブン》と変化していった。しかしわたしの場合、変わらないのは漢字変換ソフトで、「ワード」を使っても変換だけは一太郎の「ATOK」で通している。これが、わたしには相性が良いのである。

平成七年、カナダへ学生たちを引率し、UBC（ブリティッシュ・コロンビア大学）の付属語学学校に一か月逗留した。ところが、そこで驚いたことがある。インターネットはまだ日本ではほとんど利用されていなかった時代であったが、そこでは教師たちが自分のパソコンを駆使し、お互いの連絡やちょっとした打ち合わせをすべて行っていた。これがLANという小規模インターネットで、そこで交わされる文書が今日《こんにち》のメールだということもはじめて知った。

「すごいですね、カナダはー」と、驚くわたしに、同行のT教授は語った。

「インターネットに関するかぎりはですね、日本はカナダだけでなく欧米にくらべて、十年は遅れているといわれていますよ」

T教授によれば、その原因は日本人がタイプを叩くことに慣れていないこと、そして漢字という文字体系がキーボード変換に適していないことにあるらしかった。

たしかに、漢字と仮名の入り混じった日本語を二十六文字の英語文字で入力転換するのは、骨の折れる作業である。英文タイプに慣れている英語教師のわたしにさえ、それはよく分かった。

そこで、入力の不便を少しでも軽減しようとして、利用したソフトが二つあった。

一つ目はＯＣＲ（文書・画像読みとり）ソフト、引用文やことわざのような決まり文句を取り込むには、これはまことに便利であった。さっそく、その方面の草分けである「ＢＩＲＤＳ」を購入。しかしこれは認識ミスが多く、かえって時間がかかった。その後出た「Ｅ・ＴＹＰＩＳＴ」や「読んでココ」などはかなり精度が増し、論文作成やことわざ事典の編集に大いに利用した。

二つ目は、音声認識（入力・読み上げ）ソフトである。これは一太郎やワードにも付いていて、はじめのうちは口述筆記をさせている気分で悦に入っていた。だがこのソフト、手紙文などの日常語の入力には向いていたが、論文などのむつかしい語句の変換はいまひとつなので、けっきょく最近は、校正用文書の読み上げに使う程度にしている。

もうひとつ、論文や発想をまとめるのによく利用したのがアイデア・プロセッサー、またはアウトライン・プロセッサーと呼ばれるソフトである。「プランナー・トム」や「インスピレーション」などには、大いにお世話になった。

これらは、発想を生み出すＫＪ法（文化人類学者川喜多二郎が情報を取りまとめるために創案したカード方式）をパソコンに応用したようなものである。データベースを作成・保存するのにも役立った。今ではワードや一太郎にも、その一部がランク機能として取りこまれており、草稿を作るのにときどき利用している。

しかし、パソコンとの付き合いで、得るものは多かったが、失うものも少なくなかった。パソコンはわたしにとって一種の麻薬のようなもの、時間の大半がそれに取られるのだ。その魔力から脱出し、一冊の本と向きあう静謐の時間を取りもどしたい――、それが最近の心境である。

インターネット功罪談義
――一利あれば一害あり（和）

ＩＴリテラシーという言葉がある。情報技術を使いこなす能力のことである。この能力は、これからの情報社会でますます必要になっていくだろうといわれている。

かつて岩波茂雄は「知識は万人によって求められることを自ら欲する」と書き、岩波文庫を発刊した。そして、それまで一部の知識階級に独占されていた知識を、一般民衆に解放した。

文庫本の出版が第一次情報革命だとすれば、インターネットは第二次情報革命といえるだろう。ウェブ・サイトは情報の大海であり、知識の宝庫である。調べものをするとき、わたしは以前よく本屋をあさったり図書館に通ったりしたものだが、いまはその必要はほとんどない。居ながらにしてたいていのことは分かるからだ。

もっとも、気をつけないと、ガセネタに引っかかることがある。とくにブログの情報にはろくなものはないから、要注意である。やはり公共のサイトや権威あるＨＰをえらんで、丁寧に調べなければならない。

情報の検索で有益なのは、英語圏のサイトである。日本の何倍も充実している。古典はもちろん辞書類も多数電子化されていて、すべて無料でアクセスできる。英語が不得意という人も、GOOGLEを利用すればたちどころに翻訳し、日本語で読ませてくれる。もっとも、かなりひどい翻訳だが、精度を問題にしなければそれなりに役立つ。

日本のサイトは遅れているといわれるが、それでも近年充実しつつある。無料百科事典のウィキペディアは日々作成途上にあり、内容的には今ひとつの感があるが、それでも収録項目の多さでは平凡社や小学館の電子百科の比ではない。

一般書もずいぶん電子化され、読めるようになっている。明治・大正期の作品や資料についていえば、かなりのところ「青空文庫」で読めるし、国立国会図書館のデジタル画像でも読める。また「GOOGLEブックス」では、新しい本の中身が一部読めるようになっているが、これも便利である。

平成十一年に「英語ことわざ教訓事典」のサイトを立ち上げたのも、そのような情報革命のうねりに身を投じ、わたし自身もひと役買いたいというささやかな思いからであった。幸い、「ヤフー」や「アスキー」などのパソコン雑誌で優良サイトに選ばれ、アクセス数は百万を突破した。その後、やや減ったが、それでも日に三百人ぐらいがこの事典を利用していてくれる。Q&Aに寄せられる質問に答えるのも、楽しい仕事である。

そんな頃、こんなにアクセスがあるのだから、広告を載せてみてはどうかと、知人に勧められた。いくら人気があるといって、出会い系やアダルト系を載せるわけにいかない。そこで堅いところを選んで、大手の書店や語学学校のバナー（細長い帯状のコマーシャル画像）を貼りつけた。訪問者がバナーを一回クリックすると一円が加算されるというし、ここから注文や契約がなされれば相当額の報酬があるという。しかし一年たち、二年たっても、いっこうに入金がない。しだいにバナーがうっとうしくなってきた。画面の美観もそこなわれる。思い切って削除してしまった。

しばらくしたら、なにがしかの広告料を送ってきた。そんなに悪いビジネスではないと思ったが、もう一度バナーを貼りつける気は今のところない。

ビジネスといえば、インターネットには悪徳商法がまかり通っている。まだインターネットが始まったばかりの頃、もの珍しさも手伝って外国のサイトをあちこちブラウジング（閲覧）したことがある。

ところが翌月のこと、有名電話会社から国際電話の請求書が来た。何万円もの金額が請求されている。後でわかったことだが、インターネットのサイトを閉じて別の文書作成をしている間中、国際電話は繋がりっぱなしになっていたのだ。クリックすると自然に有料サイトに繋がるように仕組まれていたのである。

その電話会社には支払いを拒否した。悪徳商法の片棒をかつぐとは何事かと言ってやると、内部で処理をするということでケリが付いた。

インターネットのデメリットに、迷惑メールがある。数年前のことだが、アダルトサイトやビジネスサイトから一日に二百以上ものメールが来るようになった。Q&Aに載せたメールアドレスに、それを見た怪しげなサイトが集中攻撃を仕掛けてきたのだ。

そこでメールアドレスを変更し、公表を中止した。いまでは、自分史仲間のSさんに頼んで設定してもらった無料サイトの「掲示板」で、Q&Aへの質問を受けることにしている。迷惑メールは一通も来なくなった。うれしい驚きである。

驚くといえば、こんなサイトがあった。ある日、メールが届いた。わたしの公表している論文を使わせてほしいというのである。OKの返事をした。

後でそのサイトを調べてみると、なんと、これが卒業論文作成支援サイトと銘打ってある。申し込んで規定の料金を払うと、学生らに代わって卒業論文を書いてもらえるというサイトである。少したったら、そのサイトは姿を消した。当然である。頼まなくても、自分で簡単に盗作ができるからだ。

昔、本のコピーから要点をつまみ切りし、貼り合わせ、論文に仕上げたという学生がいたが、今ではそんな面倒なことをせず、ネット文書からコピー&ペーストでかんたんに論文が書ける。

卒論審査の教授を悩ませるのが、この剽窃・盗作まがいの論文だという。ひょっとするとわたしの論文も、そんなコピー&ペーストの被害にあっているのかもしれない。しかしそれはそれで、人助けかもしれないが。

しかし、学生ならまだ許されるだろうが、一般社会人だとそうはいかない。わたしの勤めていた短大の外国人教師は、インターネットから他人の論文をダウンロード、その大半を自分の論文に取りこんで紀要に発表、それがばれてクビになった。

新しい文化は新しい不徳を生む。ITが悪いわけではない。そのリテラシーを正しく生かす文化が、まだ未成熟なだけである。

ちなみに、平成二十二年ごろから「英語ことわざ教訓事典」のホームページは、総合辞書サイト「Ｗｅｂｌｉｏ」に収録されて今も人々の利用に供している。

人間とＡＩとの勝負
――仏作って魂入れず（和）

東京の次男の嫁から電話があって、平成三十年春に大学を卒業する予定の孫が外資系の会社に無事、内定したと知らせてきた。

「入社試験も大変だね。早速、本人におめでとうといってやろう」

妻と話しながら、新聞に目をやると、今年の新卒者の採用試験の判定に、ＩＢＭ開発の「ワトソン君」が使われているという記事が載っている。孫が「ワトソン君」のお世話になったかどうかは不明であるが、一般的にいってコンピューターはすでに資料の作成だけでなく、資料を判断する領域にまで侵入してきたようである。

だが一方では、機械が人を選ぶというと、複雑な気持ちになる。人間の評価を機械にまかせっぱなしにしていいかという心配である。

こんなことを危惧しながら、インターネットで調べてみると、この「ワトソン君」、医療現場でも活躍し、患者の病名を特定するのにも役立っているという。

そういえば、NHKに「ドクターG」なる番組があり、患者の訴えるいろんな症状から研修医がその病名を推理するのだが、サスペンスドラマの謎解きにも似て、けっこう面白い。だが、これを見て思うことは、こんな仕事はコンピューターにやらせれば百発百中ではないかということだ。でも、それでは番組にならないから、これはこれで存在価値があるというものだ。人間、間違えるから面白いのである。

話は違うが、平成二十九年、将棋界では中学生棋士、藤井聡太四段（当時）が二十九連勝してマスコミの話題をさらった。強さの秘密は、将棋のコンピューター・ソフトと対戦を重ねてきたからだといわれる。すでに人間の能力を凌駕したコンピューターであればこその話であり、ことほどさように人工知能ＡＩの実力はすごい。

一方、囲碁のソフトは将棋よりかなり遅れて開発されたので、わたしが初めて囲碁ソフトを使ったのは三十年ほど前であるが、その頃は二級程度の力しかなかった。だがそれから技術の進歩はすさまじく、平成二十九年の四月には、世界最強と言われる中国の囲碁棋士、柯潔《かけつ》九段との三番碁に連勝し、名実ともに人類を追い越してしまった。

これらの出来事は、いろいろなことを教えている気がする。衆目の一致するところでは、ＡＩはすでに人間の知能を上回っているということであり、事は勝負の世界に留まらず、いずれ人間は万事万端ＡＩに頼らずには生活できなくなるだろうということである。

それはそれでいいことかもしれない。人間生活はますます便利に、快適になるであろうと予想されるからだ。

話を囲碁に戻せば、わたしが現在持っている囲碁ソフトは数年前のものであるが、「世界最強、実力四段」と銘打ってある。ときどき画面に呼び出しては対局するが、なかなか強い。時には負けそうになるが、じつはこれまでわたしは負けたことがない。なぜかといえば、負けそうになると、盤面が不利になる前の段階にまでもどして、やり直すからである。ずるいと言えばずるいやり方であるが、相手が物言わぬ機械だからできる。

今日《こんにち》ではＡＩは教育界にも進出し、とくに自学自習用の学習ソフトとして多用されている。この種のソフト、いつでもどこでも相手になってくれるし、何度繰り返しても文句は言わない。反復練習にはうってつけの器具である。

いいことずくめのようだが、むろんマイナス面もある。学ぶ者に学習意欲がなければ、宝の持ち腐れになるということだ。ＡＩはこちらが働きかければ応えてくれるが、向こうから働きかけてくれることはない。

その点、人間の先生は違う。強制するし、サボれば叱る。今はそうでもないが、昔はできの悪い生徒を立たせたり、悪さをすれば叩いたりしたものだ。そして、先生には学習ソフトに無い愛情がある。だから教え子は人間として育つのだ。

前述の藤井聡太棋士にしてもそうだ。技術はパソコンで磨いたかもしれないが、豊かな人間性に裏打ちされた実力は、師匠の杉本昌隆八段や同門の仲間たちのおかげであろう。

そんなことを考えると、やはり最後に勝つのはＡＩではなく、人間であろう。人間がＡＩをつくれても、ＡＩは人間をつくれないからである。

わたしの受けた敗戦の痛手

——国破れて山河あり（杜甫）

なるほど、歴史的事実としての敗戦はすべての日本人にとって一様ではあるが、その受けとり方は世代によって、また個人によって、おそらく大きな相違があるであろう。とくに、敗戦を迎えた時期が十五歳から二十歳までの、いわゆる人間形成期にあたっていた者にとっては、文字通り敗戦経験を通して、自己の人間形成を行ってきたといえる。

この意味で、その世代ほど、敗戦経験が自己の内部でいまなお生きている世代はほかにないのではなかろうか。わたしもその世代のひとりであり、敗戦は単なる客観的事実であるというよりも、むしろ一つの主体的経験なのである。歴史の、あの激しかった変動が、そのまま自意識を歪曲したまま現在の自意識につながり、わたしたちの思想や価値観を規定しているのである。

戦争の末期、中学生であったわたしは日本の必勝を信じていた。すでに、名古屋市の大半を焼かれていながら、わたしにはそれが優者の弱者にたいするハンディキャップぐらいにしか考えられなかった。日本軍は絶対に強く、そして絶対に正しいのである。わたしの友も、当時、続々と兵役に志願していった。軍国主義教育に関するかぎり、まことにこれはその完全な勝利といえるであろう。

そのようなわたしたちにとって、敗戦の事実を知らされた八月十五日は、実に奇妙な日であった。第一、日本が敗れたという事実が信じられなかったし、それにもまして不思議であったのは、敗れても一向あわてない世間の姿であった。わたしは悲しかったというより、むしろ無性に腹立たしかった。日本が敗れたというそのことにたいしてか、またわたしたちを欺きつづけた大本営にたいしてか、それとも勝利を疑わなかった自分の愚かしさにたいしてか、多分そのいずれでもあったろう。

しかし、敗戦の意味を批判的に考えるには、わたしはあまりにも幼かった。批判する前にまず順応するのが少年である。敗戦の日の奇異な印象が、単なる過去の出来事として薄れるにつれ、わたしは以前に軍国主義教育を受け入れたのと同じ熱意をもって、今度は新しい民主主義教育を、それも甚しい混乱をともなったまま、受け入れていった。

たしかに、歴史は敗戦を境にして百八十度の転換をなした。しかし、わたしの主体的経験としての戦後はまだそのまま戦争体験と連続し、わたしの人間形成は敗戦前と敗戦後のいわば未分化に混在した体験を通して行われていった。両者を分離しておのれの立場を自覚する時期は、中学を終え、高等専門学校に入学したときに始まる。

すでに敗戦の日から、わたしの胸中には学校の教師にたいする不信の念が抜き去りがたくあった。自分たちの生命をかけてきたものが、まったくむなしいものであったと知ったとき、わたしたちの憤りがまず教師に向けられたのは当然である。戦時中「聖戦」を教えた教師たちは、戦後になると「侵略戦争」を唱えだしたのである。

わたしは思った。「名誉の戦死」を「犬死」だというのは、ただ死者を鞭打つだけではないのか。しかも、教え子をして喜んで「犬死」するようにしむけたのは、ほかならぬ教師自身ではなかったか。わたしにとって、このような無責任な教師の態度は許すことができなかった。いや、彼らが戦後自殺もせず、べんべんと生きていること自体が、わたしには理解できなかったのだ。

こうして、教師を通し、世のいわゆる大人たちに不信と反感をもったわたしは、さらにそのような大人たちによって動かされる政治と社会を、文字通り虚偽のかたまりと考えるようになった。一夜にして社会価値の変動するのを目の当たりにしたわたしたちには、社会的な価値は信じたくとも信じられなかった。この世界に信じ得るものがあるとすれば、それは自己のみであった。自己にたいしてのみわたしは誠実であろう。これがその頃のわたしの生活の信条であった。

このような道の行きつくところがデカダンスとニヒリズムであることは多言を要すまい。自己の肉体の感覚のみを信じるものにとって、社会的秩序とか社会的常識とかいう外的権威はまったく無意味であるだけでなく、学問や理性も、それが客観的なものであるだけいっそう肉体の感覚に遠く、それゆえに真実に遠いのである。なぜなら、真実はなによりもまず自己の主体的、直接的な経験の中に存在するからである。実際、その頃のわたしは学校の勉強をほとんど放棄して、文学や恋愛に熱中した。わたしはそれらのものを通して、人生には学問よりもっと大切なものがあるということ、そしてそれは真実の生き方を求めて苦悩することであるということを学んだように思う。

やがて、わたしは大学の英文科へ籍をおいたのであるが、当時のわたしには自分の生きる道が文学以外にないような気がしていた。現実の世界がいかに虚偽に満ち、醜悪で覆われていようとも、少なくとも文学の世界においてだけは、美と真実がその全き姿で存在しているのではないか。そしてその美と真実を追求することで、自己をその世界の高さまで至らしめることが可能ではないか。

当時のわたしの興味と関心は、とくに世紀末の文学とその芸術至上主義者たち、オスカー・ワイルドやエドガー・アラン・ポオなどにあった。わたしが彼らと彼らの文学に深い共感をもったのは、そこに自分と共通の生き方を見出したからにほかならない。彼らの生き方を通して、わたしは自己をより深く知ろうと欲した。わたしが学問らしい学問に身を入れたのは、この時が最初であったといえるかもしれない。

ところが、やがてわたしは彼らを研究するにつれて、彼らの生き方、彼らの思想、彼らの芸術が決して偶然に生まれたものではなく、当時の社会情勢の必然によって生まれるべくして生まれたものであることを発見した。この発見はわたしの生き方を根本的に改めさせるほど、わたしの思想と意識に致命的な衝撃を与えた。

それまで、自己を偽らず、自己のみを信じ、すべての行為を自己の責任において果たしてきたわたしにとって、自己は絶対であった。わたしは自己の内的な自由を得るために、それを少しでも拘束する外的環境から、自己をきびしく切り離した。そうすることによって、わたしは同時に自己の純粋性が保証できると考えた。

このようなわたしにとって、わたしの先輩である美の使徒たちの生き方そのものが、実は当時のヨーロッパの資本主義社会に固有なものであるという認識は、恐怖に近いものであった。社会の影響から自己を守るため、あらゆる外的なものを否定して社会から孤立し、自己にのみ生き、思索し、創作した世紀末の文学者たちの生き方は、実は歴史社会がそうさせたのであった。彼らが社会を疎外したのではなく、社会が彼らを疎外したのである。人はいかに社会から自己を孤立させるとしても、しかしその孤立の仕方そのものが社会的であるという事実からは逃れることができないのである。

そうして、わたしはあらためて自己の生き方を考えてみた。わたしの生き方は、結局は軍国主義教育、敗戦、戦後の混乱という、一連の歴史的事実の中に、人間形成を行った戦後派固有のものでなかったか。自己の自由意思で選んだと信じて疑わなかったわたしの生き方は、実は歴史社会に生きる人間の必然の生き方ではなかったか。この意識はわたしの誇りを傷つけた。わたしは傷つけられた誇りをもって、今までの自己に復讐を企てるがごとく、歴史社会の勉強をはじめたのである。

　このようにして、わたしの意識が自己の内部から歴史社会の広場へ出たときは、偶然にも自分自身が象牙の塔から実社会へ出たときであった。わたしがそこで自分の職業として選んだものが、かつて不信の念をいだいた教師であったというのも、皮肉な偶然であった。

　もはやわたしは、教育そのものを否定するニヒリズムからは脱却していたが、まだ教育のもつ意義を積極的に評価していたわけではなかった。しかし、教育の社会にも押しよせた逆コースの波と、多くの問題をはらむ教育の現場とは、わたしの教育観を根本的に改めさせる力をもっていた。それまで書物を通じて目覚めたにすぎない社会意識と、知識の上からのみ求めた個人主義否定の原理を、わたしは教育現場の実践の中で鍛えなおさなければならなかったのである。

　さて、わたしはこのようにして、はじめは敗戦の事実を素朴に受けとって驚愕した一少年から出発し、敗戦体験を自覚するにつれて次第に社会的なものへの不信から自意識の世界に閉じこもる青年になり、最後にこのような自己中心の生き方を生みだしたものが社会的なものであるという認識に至ったわけである。

　この最後の立場は、敗戦体験による自己の人間性の歪みを回復しようという意志に貫かれているかぎり、徹底的な自己否定の立場でなければならないであろう。そして自己否定の道は、安易な自己肯定の道と違って、たしかに苦しいに違いない。しかし、自己を否定することなしにはいかなる意味の自己実現もないとすれば、否定すべき自己の大なるものにとっては、実現すべき自己もまた大なるはずである。このような自己改革の道を経ることによって、わたしたちの蒙ったむしろ不幸な世代的体験は、やがて歴史を動かす積極的モメントになるであろう。

われはハイブリッド人間なり
——どんな問題にも二つの側面がある〈英〉

戦後七十周年の年、八月十五日の終戦記念日前後には、テレビや新聞で多くの人々が戦争や戦後についての思いを語ったり、書いたりしていた。わが自分史の会も、八月作品として「戦後七十年」を特集したし、例会は長久手市の温泉「ござらっせ」に会場を移して、各自がそのテーマにまつわる十分間のスピーチを行った。そのとき、わたしは「ハイブリッド人間」という話題で話したのだが、じゅうぶんに意を尽くせなかったこともあって、ここでもう一度同じ題材で書くことにする。

近ごろ街には、ハイブリッドカーと呼ばれる車が増えている。いわずと知れたガソリンエンジンと電気モーターという、原理的に異なる動力を組み合わせた最新式の車である。だが、このハイブリッドというカタカナ語、実は機械工学ではなく、もともと生物学の分野で、雑種とか混血とかを表すのに使われるラテン語起源の用語である。

そこでわたしは、この言葉を本来の用法に則って、生き物である人間——つまりわたし自身——に使ってみたいと思うのだ。といっても、わたしに外国人の血が混じっていないのは見ての通りだし、むかし英語教師であったからといって職業的にハイブリッドだというのでもない。

ところで、ハイブリッド人間というと、まず思い浮かべるものは「二重人格」——今では「解離性同一性障害」と呼ばれている——という異常心理のことであろう。古くは『宝島』の作者として有名なスチーブンソンが『ジキル博士とハイド氏』の中で描いたような、昼間は紳士であるジキル博士が夜になると悪徳のハイド氏に変貌するという人物像のことである。また現代でいえば、男性でありながら女性の心を持ったり、あるいは女性でありながら男性の心を持ったりするという、「性同一性障害」と呼ばれる状態も想像される。

だが、わたしがここでいうハイブリッド人間というのは、そのような病理学的な特殊心理の持ち主のことではない。では何か。ここで登場するのは、あの戦前と戦後を分かつ分水嶺ともいうべき終戦記念日である。この日を境にして、教育は軍国主義から民主主義へと百八十度の転換をした。しかし民主主義教育を受け入れるには、当時の旧制中学生はあまりにもそれまでの軍国主義教育の影響を強く受けすぎていたのである。心中には二つの真逆の思想が渦巻き、衝突し合っていて、その角逐を通して彼らは人格形成を行わなければならなかった。この世代を、わたしはハイブリッド世代と呼ぶのである。

この世代はいうなれば軍国主義という台木に、まったく種類を異にする民主主義という穂木を接ぎ木されたようなものである。そしてこのハイブリッド世代には二種類の人間がいる、というのがわたしの考えである。

第一の種類の人間は、青年期後期の成熟段階にあったため、接ぎ木をうまく台木に合体させ、一本の立派な成木になっている。この種の人たちは、ハイブリッドカーがそうであるように、安定感もあるし、行動力もある。

しかし、第二の種類の人間は、その台木が未成熟な青年期前期という段階にあったため、悲しいことに接ぎ木を受け取って一体化させるだけの力がなかったといえる。なかには、接ぎ木の重圧を受けて枯死した台木もあった。

わたし自身は、この第二の種類の人間に属していた。幸い枯死はしなかったが、多くの若者がそうであったように、異なる動力源をうまくかみ合わせる才覚も意志もなく、日光や風雨を避けながら栄養不良の雑種として中途半端な生活を送ることになっていった。

むろん、わたしの理性は民主主義を歓迎したが、心情的には全面的に受け入れるのが困難であった。民主主義をもたらしたアメリカ人の横暴な振る舞いや、民主主義を事も無げに受け入れた教師たちの無節操を見るにつけ、彼らへの反感は募るばかりであった。やがてわたしは人間不信や社会不信から、自我の殻に閉じ込もった。心の中には、水と油のごとく反発し合う思想と感情があり、それはやがてわたしの全人格に影響を及ぼしていった。

一方の自己が何かをしようと決意する。すると必ずもう一方の自己が反対して止めさせる。何かを正しいと信じるときも同じで、別の考えが頭をもたげてそれを否定する。二つの思想と情念の狭間で、自我は分裂せざるを得ない。優柔不断のまま、行動力を失い、自意識だけが強くなっていった。そして人間にしろ、文学にしろ、健康で正常なものには興味を持つことができず、異常なもの、病的なもの、矛盾だらけのものだけが、わたしの関心の的になっていった。

類は友を呼ぶというが、ハイブリッド人間は同じ性格ないしは体質を持った人間に惹かれるものである。かくして、わたしが魅惑のとりこになった相手は、まず、エドガー・アラン・ポオだった。

ポオの文学は二重性に貫かれている。彼は一方では計算づくめの推理小説や「ユリーカ」のような科学的宇宙論を書いたリアリストであるが、他方ではその反対に「ヘレンに」「アナベル・リー」のような美しい詩を書き、美や夢幻を愛するロマンティストでもあった。人間としても、「悪魔と天使が同時に住みついている」といわれたほど、激しい二重人格の持ち主でもあった。ポオの中の二重性はわたしの中のそれと響き合い、わたしは卒業論文のテーマに彼を選んで、詩と論理の矛盾関係を追求した。そのときはまだ、ポオとの間に醸成された一体感は人目をはばかるひそかな関係として、自分の中で秘蔵されていた。

だが、英文学者の工藤好美教授に教えられて知ったドイツの哲学者ヘーゲルの『美学』や『精神現象学』を読むに至って、わたしは自分の中にあった思想や心情の矛盾性に対する考え方が違ってきた。ヘーゲルの説く「正反合」の弁証法論理やその思想は、わたしの中の二面性を日の当たる場所へ押し出してくれた。わたしはもはや人目を忍ぶ日陰者でなくなった。

ある考え方を「正」とすれば、それに対立する考え方の「反」が生まれて「正」を否定し、新たに「合」という立場に統合される。そして「合」はさらに対立する考え方を生むというように、正―反―合のプロセスを繰り返しながら歴史は発展するし、人間も成長する。矛盾こそが、発展や成長の原動力なのだ。ヘーゲルの弁証法を唯物論に転用したマルクスも、生産力と生産関係の間に生じた矛盾が歴史を動かし、発展するとしているではないか。

こうして、自分の中にあって自分を苦しめただけでなく、ある意味では恥ずべきものとしてあった自己矛盾や自己分裂の二面性は、むしろ肯定すべきメリットとして受け入れられるようになった。

そして後年、わたしはことわざ研究に取り組んだ。ことわざは民衆の知恵から生まれただけに、様々な状況の中の様々な見方・考え方をもっている。「経験は最善の教師である」というかと思えば、「経験は愚者の教師である」というのが、ことわざのことわざたる所以である。また「便りのないのは良い便り」や「流行に逆らう者が流行の奴隷である」のように、常識を逆転させるものもある。ことわざは矛盾や反常識を意に介さない。物事を一面からだけでなく、両面から見る。これがことわざの視点であり、いうなれば複眼の思想である。

さて、こうして振り返ってみると、自分の一生はハイブリッド人間が辿ったハイブリッド人生だったとあらためて感じる。そして、多感な少年時代に民主主義という異物の洗礼を受け、その矛盾に苦しんだ青春時代が今日のささやかな幸せに繋がっているかと思うと、あの大きな犠牲を払って手に入れた平和だけは永久に守らなければいけないと、心に誓うこのごろである。

《人生を考える》

サ行が男の生き様だ
――当たって砕けろ（和）

「自分史の会」のある会員が「女性はカ行に生きる」という文章を書いた。それに触発されたわたしは、男が女性に比べて短命なのは男の生き方に原因があるとして、サ行にまとめてみた。題して「男はサ行に生きる」である。

サ行の「サ」は「酒」の「サ」。酒を飲む姿が似合うのは、やはり男。冬は暖炉のそばで熱燗、夏は風呂上がりのビール、どちらもこたえられない。一日の疲れはたちどころに癒される。酒は百薬の長。しかし時には「気違い水」にもなる。会社で不愉快なことがあれば、帰りの一杯はやけ酒、それが高じれば深酒になる。得意先の接待酒は、調子に乗ってとかくはしご酒になりやすい。かくて翌日は二日酔い。身体にいいはずがない。酒で命を縮めるサラリーマンは数知れない。

「シ」は「城」の「シ」。

こんにち、親の遺産でもなければ若い男にはそう簡単に家は建てられない。男の夢はまず小さいながら自分の家を持つことだ。家を持てばそれが「城」だ。そこに家族をつくり、やがて職場の地位も上がると、さらに大きな「城」を持とうとする。こうして一国一城の主となるために、男は身を粉にして働き、命を削って夢を実現しようとするのだ。

「ス」は「スポーツ」の「ス」。

男のスポーツ好きは闘争本能の表れ。むろん女もスポーツをする。しかし、野球、相撲、サッカーなどの勇壮なスポーツは男の独壇場だ。観客も男が多いし、エキサイトして乱闘騒ぎを起こすのは決まって男だ。激しいスポーツは活性酸素を作りだし、老化を早める。スポーツ選手に短命な者が多いといわれるのは、そのためでもある。

「セ」は「政治」の「セ」。

明治から戦前の昭和にかけて、笈《きゅう》を負うて上京した青年たちの夢は「末は博士か大臣か」の喩え、栄達の極みである大臣を目指し、大物政治家の食客になったり、鞄持ちになったりした。最近は、女房子どもを質に入れるほど政治道楽の過ぎる男はいないだろうが、それでも男子一生の仕事、命をかけた男の生き甲斐として、政治家に転職する官僚やタレントは後を絶たない。女性の社会進出が著しい平成の今日《こんにち》でさえ、赤じゅうたんを踏む女性はまだ一割程度と少ない。「ソ」は「争議」の「ソ」。

男はとかく争い事を好む。小は喧嘩から大は戦争まで、男の歴史に争いの絶えたことはない。戦前の遊びは、女の子はままごと、男の子は戦争ごっこが相場。現在でも、世界のどこかには紛争がある。一見平和な日本でも、とくに経済界などでは生き残りをかけて激烈な競争が行われている。男はその戦いの中で命を擦り減らしていくのだ。

ここまできてあらためて読み返してみると、「サ」行の項目は男の生き方のすべてをカバーしているわけでないことに気づいた。

「酒」を飲まない男、「城」の欲しくない男、「スポーツ」の嫌いな男、「政治」に無関心な男、「争議」はご免という男、そんな男が増えている。彼らに相応しい生き方を探しながら、「サ」行の補遺版を書くことにした。

「サ」は「サラリー」の「サ」。

「酒」を飲まない下戸でも、「サラリー」（給料）のためには一生額に汗しなければならず、それが男の定めだ。たしかに、下戸には酒代が要らないだけ生活にゆとりができるはずだし、二日酔いで肝臓を悪くすることもない。だが、安心してはいられない。男子たるもの、妻子を養う責任からは解放されない。それが重圧となる。そこには過労死の危険だってある。

「シ」は「趣味」の「シ」。

近年「城」など持ちたくないという男が増えており、彼らは「趣味」にいわば逃避し、スロー・ライフをエンジョイしている。定年後は、趣味から生まれた芸が身を助ける余生が待っている。彼らはサ行では唯一の例外、多分長生きするであろう。

「ス」は「スロット・マシーン」の「ス」。

ラスベガスを代表する賭博機で、手ごろといった意味では日本のパチンコに相当。「スポーツ」嫌いの軟弱男がハマりやすいのは、パチンコ、麻雀、最近ではパソコンゲームなど。こんな室内ゲームに日がな一日うつつを抜かしていたのでは、活性酸素を作るスポーツよりもさらに健康に悪い。まして、パチンコなどのギャンブルに大金をつぎ込めば、生活も破綻。それで命を縮める者も少なくない。

「セ」は「性事」の「セ」。

「政治」にまったく関心のない男でも、異性に興味のないものはいない。いや、むしろ大ありである。昔の男子学生は硬派と軟派に別れ、カンカンガクガク天下国家を論じる硬派を尻目に、軟派は街へ「ガールハント」に出かけたものだ。これ、いわずと知れたナンパの語源である。一方、政治や革命にのめり込む硬派学生も一皮むけば同じ男、女性を嫌いなはずはない。いずれにしても、男はオスの宿命を背負い、事が済めば消耗品、どうあがいても女性より短命にできている。

「ソ」は「相談」の「ソ」。

世の中、「争議」の好きな男ばかりではない。優しい男が増えているし、それに今は民主主義社会、何事も「相談」だ。たしかに平和的方法はよいことだが、一方ワイワイガヤガヤが高じると事は決まらない。するとイライラが募って、心労はかえって大きくなる。ノイローゼや逆切れ男が増えるわけである。

さて何とか男の生きのびる道はないかと探したが、「シ」の「趣味」以外に見当たらない。男はやはり「太く、短く」である。あたかも、農民を守って賊と戦い、命を落としていった「七人の侍」のごとく、男は女と子どものために生き、働き、そして死んでいくのだ。

贋作「侏儒の言葉」

――巨人の肩に乗った小人の方が遠くまで見渡せる（ニュートン）

題名の由来

芥川龍之介に『侏儒《しゅじゅ》の言葉』という箴言集がある。〈侏儒〉とは〈小人〉のことをいう。これを〈コビト〉と読めば文字通りの意味、〈ショウジン〉と読めば〈つまらぬ人間〉を指す。いずれにしても、芥川がおのれをへりくだって、その言説につけた題名である。しかし中身は小人どころか、巨人の知恵に満ちている。それにあやかって、この拙文の題名を、贋作「侏儒の言葉」とした。贋作としただけあって内容は月とスッポン、似て非なるものである。言葉について、日ごろ自分の感じたことを思いつくまま、無秩序に羅列したにすぎない。

現代人の孤独

古人は人里はなれた山中で月を仰いで孤独を味わった。しかし現代人は孤独を求めて、見知らぬ群衆の中に入らなければならない。エドガー・アラン・ポオの短編「群衆の人」のように——。そして「群衆は孤独者の家郷である」といったボードレールのように——。

歴史

クローチェによれば、年代記は過去の記録であるが、歴史は現代の批判である。過去の記録をたんなる記録として学ぶことは、年代記を学んだことになっても、歴史を学んだことにはならない。歴史を学ぶには、現在への関心が不可欠である。

批判

正しい批判は正しい価値判断をもってしなければならない。そして正しい価値判断は十分な価値尺度をもってして初めて可能である。「人間は自分の持っている縄の長さだけしか井戸の深さを測ることはできない」とは、たしかショーペンハウエルの言葉であると記憶している。

類の違い

動物を一匹一匹識別する場合、類において人間と遠いものほど、その識別が難しい。例えば、チンパンジーには名前をつけることはできても、鳥小屋の鶏にはそれは難しい。水槽のメダカとくれば、まったく不可能だ。同じ人間でも、少年の頃、出会った進駐軍の外国人が、皆同じに見えたのには閉口した。年齢の隔たりについても、同じだ。子どもの頃は、大人が皆同じに見えたものだが、最近は、若者たちの顔の区別がつかない。困ったものである。

男と女

人間は、まったく同質のものには少しも魅力を感じないし、まったく異質なものにも少しも心を惹かれない。人間の惹かれるものは、同質でありかつ異質なものに対してである。自分とまったく同じ人間がいるとしたら、魅力どころか嫌悪を感じるだけである。また、自分とまったく異質のものに対しては、エイリアンのように不気味さを感じるだけであろう。人間の惹かれるものは、同質であり、かつ異質なものである。その最たるものは、異性である。異性は、人間として性差を越えてお互いに同質である。しかし同時に異性は、越えることができないほど、互いに異質である。男は女に似ているよりも雄猿にいっそう似ているという。女も同じである。だからこそ、男は女に、そして女は男に惹かれる。たとえ同性愛者でも、相手に異質のものを求めるのだ。

アイデンティティー

R・D・レインは『自己と他者』の中で、相補的アイデンティティーの考え方を提唱して、次のように述べる。「女性は子どもがなくては母親になれない。男性は夫になるためには、妻が必要である。（中略）アイデンティティーにはすべて他者が必要である」。この言葉を敷延すれば、アイデンティティーの証明は自分ではできないということである。早い話が、自分の身分は、所属する会社なり、組織なり、自分以外のものによって証明してもらうしか方法がないのである。

自信

不思議なことに、友人のB君は何度失敗してもけっして自信を喪失しない。B君によれば人間が自信を失うのは、自己の限界を知った時だそうである。だから彼は決して最善を尽くさない。最善を尽くして失敗すれば、それがおのれの限界だからである。B君はこれが怖いのだ。だから、十のうち八の力しか出さない。残りの二は土つかずで、彼自身もそれを出しきったときの結果を知らない。言うなれば未知数である。どうやら、彼はその力が無限であると思い込んでいるらしい。

エスキモーの「雪」

学生時代、言語学者でソシュールの訳者として知られる小林英夫教授に聞いた話では、エスキモー語には、「大雪」とか「細かい雪」とかいう言い方でそれぞれの雪を区別する言葉は多くあるが、「雪」そのものを表す言葉はないという。極寒の地に住むエスキモーにとっては、それぞれの雪のあり方は互いに区別できても、雪そのものを識別することはできないという。なぜなら、雪そのものを差異化するためには、雪でない世界を知らなければならないが、人間も、動物も、自然もすべてが雪の世界の中に存在するエスキモーの世界では、雪のない世界や雪の外にある世界など、想像や認識の圏外にあるからである。

二つの顔を持つ「今日」という日

英語のことわざに、今日をどのように生きるかについて教えるものがある。「毎日をあなたの人生の最後と思って生きよ」(Live every day as if it was your last.)である。今日を最後と思えば、今日やるべきことを明日に延ばすことはできない。今日は二度と戻らない。毎日を思い残すことのない人生にせよ、という教えである。これは、時間が無限にあると考える若者に与えたいことわざである。

もう一つ、英語のことわざには「今日は残された人生の最初の日である」(Today is the first day of the rest of your life.) というのがある。未来というものは、今日の、この今の瞬間から始まるものだ。それは新しい、未知の人生の幕開けである。そう考えれば、誰の心も期待と勇気で満ちあふれるではないか。これは、老い先短いと嘆く高齢者に知ってもらいたいことわざである。

空気と女房

女房は空気のようなものだということは、あってもなくても同じだとか、あっても無きがごとし、という意味ではない。無ければ困るというか、それどころか無ければ生きていかれないという意味で、それは空気なのである。しかし、人間四六時中空気に感謝していたのでは、仕事にならない。仕事をするときは、仕事以外のことは忘れなければならない。その意味で女房は空気だというのなら、話は分かる。

鏡と夫婦

夫婦はなぜ鏡というか。ひとつには物理的な面からそれはいえる。人間は誰も後ろには目を持たない。したがって自分の後ろ姿は見えない。朝出かけるとき、背中についたゴミを取ってくれたり、頭髪の乱れを直してくれるのは、妻である。妻は自分の見えないところを見てくれる鏡である。

もうひとつは精神的な鏡としての働きである。つまり自分の心が鏡としての妻に映る。夫が明るくなれば、妻も明るくなる。夫が悲しそうにしていれば、妻も悲しそうにする。似たもの夫婦という言葉があるが、これは夫婦の気質が次第に影響され、似てくることをいっていると考えられる。

夫婦の凹凸

性格的にしっくりと一致するということは、そうざらにあるわけではない。ときどきまことに円満なカップルを見かけることがあるが、そこには長い年月の経過を読み取らなくてはならない。夫婦の組み合わせを歯車にたとえるなら、最初から環境も性格も違う男女がうまく噛み合うはずはないのである。しかし長い共同生活の果てに、お互いの出過ぎた部分を削ったり、足らざる部分を補ったりして、やっと噛み合うようになる。歯車の凹と凸が一部の隙もないように噛み合うのが理想的であろう。しかし、それには辛抱強い忍耐が必要である。相手の凸と自分の凸とがぶつかりあってどちらも譲歩しなければ、どちらかの出っぱりが折れるか、両方が磨滅するかして、歯車の用をなさなくなるのがオチである。

オフ・リミット

終戦直後、わたしは現在の名古屋飛行場にあった米軍基地のＰＸ（酒保＝軍隊内で飲食物や日用品を売る店）で、アルバイトをしたことがある。そこでOFF LIMITSという看板をよく見かけたものだ。最初、この看板のかかった場所は自由に立ち入ることができる意味かと思った。

というのは、辞書を引くとlimitという英語には〈制限〉とか〈限界〉とかいう訳語が当てられている。そしてoffは〈離れて〉という意味だから、off limitsは制限の無い状態を表し、フリーであり、立ち入り自由ではないかと思ったものだ。ところが実は逆で、〈立ち入り禁止〉の意味であった。

なぜか？　実はそこに、日本人の発想の根幹がかかわる問題があることを後で知った。日本人はすべてのことを自分の置かれた環境、自分を取りまく情況から考える。〈義理〉にせよ〈恥〉にせよ、自分が世間からどう思われるかという観点から生まれる。だから、limitは外の力が自分に加えた圧力であり、制限である。その外圧がoffとなれば、そこは自由の天国ではないか、というのが日本人的発想であろう。

ところが、個人主義的文化のなかに生活する英語圏の人々は、あらゆることを自分中心に考える。そしてそこでは個人として責任を負うかぎり、自由に行動できる。ただ、当然ながら超えられない限界もある。それがlimitである。自分を中心にして外に向かい、壁にぶつかる限界がlimitと考える。その圏外は、自由の許されない領域、いわば危険な未知の世界、だから〈立ち入り禁止〉ということになる。

さて、このような日英の発想の違いをうまく説明するキーワードはないかと考えていたら、昔どこかで読んだことのある言葉が甦ってきた。それは〈求心性〉と〈遠心性〉という概念である。

求心性と遠心性

〈求心性〉とか〈遠心性〉とかいうのは、本来は物の動きを表す科学の用語である。〈求心性〉は外側から中心に向かって動く性質を示し、〈遠心性〉とはその逆に中心から外側に向かって進む傾向を表す。

この用語を借りて、日英の発話の仕方を説明すると分かりやすい。日本語は〈求心性〉の言葉であり、英語は〈遠心性〉の言葉であるといえる。

日本語の発話は、外側、つまり周辺から始め、中心に向かって収斂していく傾向を持つ。苗字から名前に続く氏名の書き方、県名や市名から始まって、氏名が最後に来る手紙の表書き、所属する会社や肩書きから始める紹介の仕方、これらは、すべて個人よりも個人を取りまく周りを尊重する集団主義的性格にもとづく発話である。

言語におけるこのような発想・発話の仕方は、日本人が絶えず世間の目を意識する国民性と無関係ではないだろう。何か行動を決める場合の価値判断の基準は、自分の主体的判断によるよりは、世間的評判や義理である。つまり、思考経路が外側から内側へ向かうのである。日本語が状況依存の言語といわれるのも、このように周辺の情況から始める〈求心性〉の表れにほかならない。

ところが英語はどうかというと、ちょうど日本語の逆である。英語の発想・発話には、内側の中心から外側へ向かって展開する傾向が見られる。氏名は名前が先で苗字が後だし、宛名も氏名から始まり、番地、町名市名などの行政区分、国名となる。中心から外への発想の仕方、これが英語の〈遠心性〉というものである。

否定疑問

この〈求心性〉と〈遠心性〉の発想の違いを如実に示す言語表現として思い浮かぶのは、英文法で扱う〈否定疑問〉、すなわち「……ではないか」という疑問文に対する応答の仕方である。英語を話す場合、日本人はこれを間違えやすい。例えばこうである。

「あなたは山本さんに会ったことはないでしょう?」

この質問にたいして、会ったことがなければ日本人は「ハイ、会ったことはありません」と答えるし、会ったことがあれば「イヤ、会いましたよ」と答える。

ところが英米人は逆である。会ったことがなければ「ノー、会ったことはありません」といい、会ったことがあれば「イエス、会いましたよ」という。

これはどういうことかと言えば、日本人は相手の意向に同調し、相手が否定で尋ね、自分も否定であればそれに合わせて「ハイ」という。しかし英米人は相手の質問の如何を問わず、自分が会ったことがあれば「イエス」だし、なければ「ノー」である。日本人は相手の立場から自分の応答の態度を決めるが、英米人はすでに決まっている自分の立場を相手に知らせるだけである。すなわち前者は外から内に向かう〈求心性〉であり、後者は内から外へ向かう〈遠心性〉である。

壁としての教師

壁は動かない。立っているだけである。動いて、人の邪魔をしたり、人を規制したりしない。しかし、壁を甘くみてはいけない。動かそうと思って、力一杯押しても、微動だにしない。下手にぶつかれば、怪我をするだけである。優れた教師とは、そんな壁のような存在である。そんな教師になりたいと、若い頃、思ったものである。

十全の教師

十全という言葉は、完全とか万全とかの意味で使われる。しかし「十全の教師」という場合、それとは少々異なった意味を込めたい。

教師は一つのことを教えるのに、一つのことを知って繰り返すだけでは十分でない。一つのことを教えるには、その周辺の知識として十のことを知らなければならないという意味での「十全」なのである。のみならずそこには、単なる知識以上のものが必要である。ある事柄について知ることをそのまま教えるのであれば、機械にでもできる。

教えることとは理解させることであり、そのためにはまず教える相手に対して彼らの理解できる言葉で語ることが必要である。さらに教師は、彼らの知的好奇心を刺激したり、学習意欲を喚起したりして、自ら学ぶ態度を身につけさせなければならない。

十全の教師とは、このように知識だけでなく精神面での指導もできる教師のことを指していう言葉でなければならない。

教育の外注

今日《こんにち》、少年非行が激増している。ある評論家は家庭が教育力を失い、知識偏重の学校や塾に依存し過ぎるからだと言った。また、ある評論家はこれを「教育の外注」と呼び、もっと家庭での手作りの教育が必要だと言った。

なるほど、一面の真理はあるであろう。だが、一概に「教育の外注」といって、すべてを否定してよいものだろうか。確かに、昔は躾けを含めて、子どもの精神教育は家庭で行われていたし、子どもは親の背中を見て育ったものだ。しかし「読み、書き、そろばん」をはじめとする知能教育は、家庭の外の寺小屋で行われていたし、家業を継がせる場合でも、一旦「奉公に出し」たり、「他人のメシを食わせ」たりした。

だから「教育の外注」が悪いのではない。要はその中身である。非行問題の解決は、社会の価値観も含めて教育制度全体に関わるものであろう。

個人の自由

人間は自らを取り巻く環境の中で生活している。そして環境は、ある意味で人間の自由を束縛するものである。自由とはどんな束縛もない状態と考えがちであるが、人間が環境の中で生きる以上は、そんな自由はありえない。

では、自由とは何か。それは自分の周りにある抑圧としての環境、あるいは自分の前に立ちはだかる障害としての対象といってもいいが、そういうものに対して闘い、克服してはじめて入手できる力なのである。そのためには、対象としての環境に対する十分な知識とそれを思いのままに使いこなす能力とをもつことが必須である。

例えば、人は水の中を自由に泳ぐという。それができるのは水のもつ抵抗力の原理を知り、それを浮力に変える業を身体が覚えたからである。その能力がなければ、人は自由に泳ぐことはできない。

また、ピアノを自由に弾きこなすという。それはピアノの鍵のもつ音を知り、その規則性に沿って指を動かす技能を身につけたからである。その能力がなければ、人は自由にピアノを弾くことはできない。

社会生活も同じである。成人に自由が与えられるのは、社会の法律や慣習、あるいは人間関係の諸側面など、自らを取りまく環境への知識とその環境のもたらす制約を乗り切るだけの能力と責任を身につけていると見なされるからである。つまり、個人の自由は、自らの力で獲得しなければならないのである。

歴史の中の自由

しかし自由は、ただ個人の問題としてのみ存在するものではない。それは同時に歴史的問題でもある。そして自由の問題を歴史的に考察しようとすると、そこには必然的に現代社会のもつ病理が浮かびあがる。

一般的に言えば、家族や地域社会の影響の強かった封建時代には、個人の自由はかなり制限されていたが、近代社会ではそのような束縛は次第に弱まり、人々は自由を獲得しはじめる。だが、個別的に見れば、すべての人々に自由が行き渡ったわけではなかった。

一部の特権階級は自由な生活をエンジョイすることができたが、農民や都市部の貧困層は経済的な裏付けのないまま、新しい自由を享受できず、孤立感や不安感を増大させるだけであった。彼らにとって自由は名のみであった。その結果、彼らはかつての、貧しかったが安定した社会、不自由ではあったが権威によって保護された社会を求めるようになっていった。

ドイツの社会心理学者フロムが、「自由からの逃走」と呼んだのは、そのような現象である。そしてその人たちの精神構造を「権威主義」と名づけ、そこにナチズムの温床があるとした。

かくして自由とは、歴史的、社会的環境を除いては考えることはできない。今日《こんにち》の日本社会は、かつてのドイツと同じではないが、矛盾の増大する格差社会は現存している。そのなかで、若者たちは自由の問題をどのように解決しようとするのか。

少なくとも、「逃走」だけはしてほしくないと思うのは、あの戦中を戦い抜き、与えられたものとはいえ戦後の民主主義社会を生き抜いてきた高年層の「自由に対する願望」ではなかろうか。

囲碁人生論

――囲碁は調和である（呉清源）

所属するある囲碁会の懇親会の席上で、議論が持ちあがったことがある。

ある人が「人生は囲碁に似ている」といい、出席者の多くがそれに同調した。ところが酒席には、むやみとからむ人間がいるものである。その男、「いや、そうではない。囲碁のほうが人生に似ている」と主張してゆずらない。

両派に分かれて侃々諤々、議論は果てしなく続いた。結局、「どちらにせよ、同じことではないか。囲碁と人生の間には大きな類似関係があることは確かだ」ということで決着がついた。

そのとき議論に出たいくつかの論点に、日ごろ自分なりに考えていることをつけ加えて、まとめてみることにした。題して「囲碁人生論」である。

テレビの小中学生全国囲碁選手権を見ていつも感じることだが、盤面から見る彼らの緒戦の戦いぶりは専門家のそれと見分けがつかないほど立派である。解説する棋士も、非の打ちどころがないと褒めている。

しかし、それにはわけがある。というのは、一局の囲碁の打ち始めは専門用語で「序盤」と呼ぶが、ここでは定石の力が大いに物をいう。「定石」をしっかり習得しておけば、序盤に関するかぎりある程度までは立派な碁が打てる。だから、定石とは人生における「読み、書き、そろばん」だといえる。

一般に、この「読み、書き、そろばん」のような基礎的能力を少年期に十分身につけておけば、その後の教育の場で大きな成果を収めることができるし、社会に出てからもそれなりに役立つ。その点、囲碁も同じである。

ところが、「中盤」になると、事情は違ってくる。ここでは、定石なるものはもはや無力である。地を取るか、勢力を張るか、戦いを挑むか、妥協するか、すべては緻密な読みの力と、全局的バランス感覚と、それを実行する決断力とにかかってくる。

ここで、棋力の差が歴然と現れてくる。人生でいうならば、自立する青年期から働きざかりの壮年期にかけての時期にあたる。この時期、就職や結婚など、いくつかの関門をくぐりぬけると、男は会社や家族のために働くようになる。そこでものをいうのは、専門的知識・技能、先を読む力、仲間との協調性、そしてそれらを可能にする体力と決断力である。

さて、「中盤」が過ぎると、いよいよ「終盤」になり、「ヨセ」の段階に入る。戦いは終わり、すでに大勢は決している。ここでは相手の地を少しでも減らし、自分の地をわずかでも広げるという、地味な陣取り合戦がつづく。

言うまでもなく、ここは人生でいう高年期である。そろそろ引退を考える時期か、すでに引退して余生を楽しんでいる頃である。いまはただ、これまで築いてきた己が城を現状のまま維持し、それを子孫や後輩に伝える仕事が残されているだけである。

こうして眺めてくると、囲碁においても、人生においても、いちばん重きをなすのは「中盤」であり、青・壮年期であることがわかる。人生の青・壮年期は、時間的にも一生のうちの大半を占めるし、ここでの生き方如何がその後の人生の幸不幸の決め手となる。同じように囲碁でも、中盤戦は勝敗の天王山をなすところであり、それだけに碁を打つ楽しみ、醍醐味はここを措いてはほかにない。

中盤はまた、人の性格がもっとも現れるところである。人は戦いのとき、本心を露わにするもの。性格だけでなく、好き嫌い、価値観、主義主張など、いうなればその人の個性が如実に現れる。多彩な個性が限られた盤面に凝縮して表現されるという意味で、一局の囲碁はまさにひとつの芸術作品と呼ぶにふさわしい。

芸術作品といえば、文芸の歴史に発展史観なるものがある。古典主義から浪漫主義が生まれ、やがてそれは現実主義に移行するという図式である。ここで自分の囲碁の経歴を振り返ってみると、あまりにもこの図式どおりであることに気づく。文芸の発展段階説は、人間の成長段階説にも当てはまることを知って驚いている。

すなわち、二十代の頃、わたしは「囲碁は調和」であると説く呉清源九段や「囲碁は美学」だと主張する大竹英雄九段などに惹かれ、彼らの棋譜を並べて勉強したものである。その形式美を愛する棋風は、文芸でいう古典派に通じるものがある。

一方、形式や実利にとらわれず、ひろく中原を目指す武宮正樹九段や苑田勇一九段の「宇宙流」、それにひと頃の藤沢秀行九段の豪放な棋風などは、夢を求めるロマン派の名に値する。働き盛り、打ち盛りの壮年期、わたしはこのタイプの碁に熱中した。

この流儀と対照的なのが、地に辛く、実利を追うタイプの石田芳夫九段や趙治勲九段である。その堅実性を考えれば、これは現実派と呼ぶのが相応しい。この人たちが本領を発揮するのは、中盤よりむしろ終盤の「ヨセ」である。「ヨセ」では、人は多少ともリアリストになるものである。人生の終盤で、わたしはいま自分がこの派に近いことを痛感している。

一局の碁と人の一生はかくも似ている。しかし、そこには大きな相違もある。囲碁は、一目の違いで勝敗を決する厳しい戦いであり、ときには試合半ばの「中押し」で勝敗を決することもある。しかし、人生はもっと大らかで、ゆったりしている。それは一目や二目の違いにはこだわらないし、十目や二十目の差があっても勝ち負けを云々することはない。目の数の価値は人によってそれぞれ違う。たとえ一目の地でも、相手の十目の地に匹敵することもある。「長者の万灯より貧者の一灯」である。

今、わたしは高年期に入って、人生の棋譜を残したいと思っている。人生の棋譜とはむろん自分史のことである。

性格分類の功罪
――汝自身を知れ（英）

「ワタシ、戌年生まれの犬だから、アナタの行くところにはどこへでもついて行くわ」

昔から妻は冗談めかして、よくそんなことを言ったものだ。忠犬ハチ公を気取っているとも思えないが、そう言われると夫たる者、なんとなく安心感を覚えるから不思議である。

といっても、わたしは干支による性格診断を信じるものではなかったが、心理学者による性格分類には多少心惹かれた。かつて思考パズル集『頭の体操』で一世を風靡した心理学者の多湖輝氏は、犬と猫の生態になぞらえて、人間をイヌ型とネコ型に分けた。

イヌ型人間は人情味豊かで、行動的、誰にも親切で、献身的に仕えるタイプである。それだけに他人に利用されることも多いが、あまり気にしない。陽気で、気さくといった印象を与える。

それに対してネコ型人間は、独立心が強く、他人に隷属することを好まず、わがままな性格の持ち主である。感情をあまり外に表わすことはなく、非社交的、孤独を愛するタイプが多いという。

「多湖氏によれば、たしかにナガコはイヌ型人間といえる」

「そうすると、クニオさんはネコ型人間？」

「まあ、そういうことにしておこう」

妻との会話であるが、この分類は実はユングによる外向型と内向型を俗耳に入りやすく言いかえたにすぎないのである。

それはさておき、性格分類には、視覚型と聴覚型という分類もある。

「ナガコはイヌ型のうえに、聴覚型人間みたいだな」

妻はキッチンの仕事をするかたわら、テレビから流れる歌を聴くと一度で覚えるし、画面を見なくても俳優の声を聞き分ける。聴覚は、わたしなどよりはるかに発達している。しかし一方、画面を見ているときは、タレントの顔をしょっちゅう間違える。

「そうね、犬は目よりも耳の方がよく利くというから、イヌ型は聴覚型ね。すると、猫は夜行性で目が利くから、クニオさんはやっぱりネコ型よ。そうして視覚型。人の名前も字で覚えるでしょ」

人の話を聞くのが苦手なわたしは、学生時代、著作を持つ教授の講義はすっぽかし、その著書を読んで単位を取ったものだった。それを思うと、わたしはネコ型で視覚型に分類できるかもしれない。

そのほか、通俗的な分類法として日本で人気の高い、A型、O型、B型、AB型などの血液型による性格分類があるし、心理学には体型によって気質や性格を肥満型（躁鬱気質）、やせ型（分裂気質）、筋肉質型（粘着気質）に類型化するクレッチマーの学説など、いろいろな理論があるようだが、わたしは心理学とはあまり肌が合わず、もっと常識的にあるいは直感的に人を理解したいと思ってきた。いってみれば、文学的な人間理解が好みである。

そんな文学的人間分類に、衝撃を受けた思い出の本がある。学生時代に教えを受けた工藤好美先生は、往年の名著『文学論』の中で人間を「ゲーテ的人間」と「シェークスピア的人間」に分類した。この二人を工藤先生はそれぞれ「人格」と「技術」を象徴する人物として分類し、説明した。

そして資質として、内向的な人間はゲーテ的人格尊重の教養主義者になり、外向的人間は行動力を生かして物づくりの専門家になるとした。

それだけの分類ならば類書も多いが、工藤先生の独創は二つの人間類型を人間全体の生き方の理想像にまで高めたことであった。

内向的な教養主義者もただ自己の趣味嗜好に閉じこもるのではなく、広く技術のもつ実践的側面を採り入れなくてはならないと説き、外向的資質の人間も単に技術の鍛錬や物づくりの実践だけでなく、それらのものを通して己の教養と人間性を深めるべきであるという。そうすることで、二つの資質は統合され、新しい人間性が形成されるというのである。この論文の一部は当時の高校教科書に採用され、その難解さが高校生たちを悩ませたようである。

余談であるが、このような弁証法的な考え方が見られる論文に、ニーチェの「悲劇論」がある。ニーチェは絵画などの造形芸術をギリシャ神話のアポロに、音楽芸術をディオニュソスに象徴させ、悲劇などの劇文学は、アポロ的理性とディオニュソス的情熱をあわせもつ最高の芸術としている。

いずれにしても、工藤先生の著書はいかに生きるべきかを説く人生の指南書であり、わたしはそこから多くのことを学んだ。同時に、わたしは先生の学問研究の方法からも教えられた。なにか研究する場合、対象をその異同に基づいて二つに分類するか、またはその対象に対立するもう一つの対象を立てるかして、両者を比較・対照することで、はじめてその対象の真の姿が捉えられるというのである。

古来、人はさまざまな分類を試みてきたが、それらはすべて人や物の実態を究め、本当の姿を知りたいという熱情の表れであろう。だがそれで、人間や人間の創り出した物が解明されるだろうかという疑問が残る。物はまだしも、「人間、この不可解なもの」の正体は果たして分かるだろうか。答えは否だと思う。だからこそと言うべきか、それにもかかわらずと言うべきか、人は分類の情熱に取り憑かれ、さまざまな分類形態を考え出したのではないか。

ただ、分類癖が昂じると、それは偏見を生みだすという危険のあることも忘れてはならないだろう。

「イヌ型だの、聴覚型だの言うのは、レッテルを貼って人を色眼鏡で見ることにならないですか」

いつもわたしの分類癖の被害を受けてきた妻だけに、彼女の言葉には重みがあった。もって自戒の言葉としたい。

人は忘れてこそ
——無知は至福である（英）

若い頃から、記憶力には自信のないわたしだったが、最近、ますますもの忘れがひどくなった。ものがなかなか覚えられない。苦労して覚えてもよく忘れる。

もの覚えの悪さは、旧制中学時代に始まっている。その頃、語学系や理数系は好きだったが、社会科系は苦手だった。

「お前そんなことも知らないいか」

と、得意顔にいう悪友に、

「威張るな。そんなこたー知らなくたって、字引や参考書に書いてあるゾ。お前だって、本から覚えたばかりだろ？」

と、悪態をついたものだ。

記憶力の良くないものの負け惜しみかもしれなかったが、ものを覚えるより考えることのほうが大切だという自負があった。自負はそれなりに効き目があり、これまでも何か新しいことを考え出す原動力になってきた。

だが年齢を重ねるにしたがって、考える力はまだしも、もの覚えはさらに悪くなった。幸い軽度ではあったが、脳出血が起きてからは直近の記憶だけでなく、遠い思い出も忘れがちになってしまった。

そんなとき、英文学者外山滋比古氏の『思考の整理学』が評判になっていると知ったので、書庫にあるはずだと探していると、目指す本の代わりに同じ著者の『乱読のセレンディピティ』を発見、積読《つんどく》にさらされていた類書から拾い出して紐解いてみたのであるが、思えばこれは題名を地でいったような出来事であった。

ちなみにセレンディピティとは、鈴木章博士がノーベル化学賞を受賞したときに言った言葉で、当時ちょっとした話題になったことがあるが、語義は思いがけないことを発見する能力のことである。語源は『セレンディップの三人の王子』（セレンディップはアラビア語で、現在のスリランカのこと）という童話からで、三人の王子にはものを見失う癖があって、それを探していると偶然意外なものを見つけるというストーリーである。考えてみれば自然科学の諸発見の多くは、そんなセレンディピティから生まれるようである。

それはさておき、外山滋比古氏ほどの碩学も、もの覚えが得意でないとあった記述に、親近感を覚えながら読みすすむと「忘却のすすめ」という字句に出会った。

なんでも記憶は体脂肪に似ているという。頭が記憶でいっぱいになった人間は、知的メタボリック・シンドロームになるらしい。氏によれば、そのような人間の頭は過剰な知識によって活動を阻害され、専門バカとなり、考える力を失う。そしてそれを救うのが忘却なのである。

忘却により、心はクリーンになり、ストレスから解放される。記憶がすっかりなくなっては困るのでは、と思うのは杞憂である。誰の記憶でも、新陳代謝の力を持っている。再生力があるから、忘れたものは変化しつつ蘇る。そこに美化の力が働く。回想が美しいのはそのためである。忘却はマイナスではなく、プラスの原理だというのだ。

そうだ。忘れたっていいんだ。自分にはまだ、考える能力がある。これからは、余計な記憶に邪魔されることなく、心にも何のわだかまりもない白紙のまま、自由に生きることにしよう。そして何かをしたいという気持ちが生まれてくれれば、それにしたがって次なる人生の設計を立てればいいのだ。まだ余生はある。そう思うと、近ごろリハビリに行く以外何もする気のなくなった自分にも、明るさが見えてきたようだ。

大往生の風景
――わが生涯に一片の悔い無し（英）

平成二十八年の敬老の日のことだ。チャイムが鳴ったので出てみると、隣に住む民生委員のK夫人だった。

「米寿のお祝いです」

といって、白い封筒を渡された。驚いて、反射的に「えっ?」と、思わず声が出た。

「数えで八十八歳になると、市から祝い金が出るのです」

そうか、まだ八十六歳だと思っていたのだが、市は数え歳で祝ってくれるのだ。お礼を言って、部屋で封筒を開けてみると、三千円がはいっていた。八十八年を生きたお祝いにしては小額すぎるが、まあいい。たとえ三千万円をもらっても、これまでの年月に相応しいとはいえない。といいながらも、わたしは米寿という言葉の重みをかみしめていた。

「そうよ、あなたはもう若くないのよ。〈お若いですね〉という言葉の裏には、〈歳のわりには〉がくっついているからー。喜んでいちゃあダメよ」

妻の言葉は冷静であった。そうだ、もう若くない。わたしは急に足下に火がついたような焦燥感に襲われた。

さらに、追い打ちをかけられる事件があった。以前から、〈六病息災〉だと虚勢を張っていたわたしだが、もうひとつ病気が増えてしまった。まったく鼻が利かなくなったのだ。

春に、一か月ほど風邪が長引いたことがあったが、そんな頃からトイレやキッチンの臭いが気にならなくなった。厭な臭いに敏感だったわたしは、そのことはむしろありがたく思ったが、気づいてみれば、コーヒーや味噌汁のいい匂いもしないのである。そして食べ物の味は半減である。今に治るかと待ち焦がれても、病状はいっこう好転しない。

思いあまって、近くの耳鼻咽喉科を訪れた。医者は鼻孔に器具を入れて覗いたり、超音波で調べたりした。

「半年も前からですって？　ひどいですねぇ。なぜ、もっと早く来なかったんですか」

「風邪が治ったんで、鼻も自然に治ると思っていたので――」

「放っておいて、老眼が自然に治りますか？　難聴が自然に治りますか？　鼻も同じです。鼻の神経が切れていますから、もう手遅れです。あなたの嗅覚障害は一生治りませんよ」

頭をガーンと殴られたような気がした。

「手術をしても治りませんか？」

「手術は若ければできるが、八十六歳では、もうムリ、ムリ」

突き放したような口調だ。そして三週間分のビタミンB錠を処方してくれた。

これは気休めだ。その晩、思わず妻に愚痴がでた。

「あの医者の態度は何だよ。『お前みたいな歳になったら、鼻が利かないぐらいで、文句いうとはゼイタクだ。生きているだけで感謝しろ』とでもいってるみたいだ」

「医者に八つ当たりしてもダメ！」

妻にたしなめられ、おのれの怠慢を医者に転嫁しようとする甘えた根性に、わたしは自己嫌悪した。

隣の民生委員さんにはもう立派な米寿だと言われるし、耳鼻科の医者には全治不能の嗅覚障害だと宣告されるし、日ごろの元気もどこへやら、落ちこんでいた。

そんなとき、永六輔の『大往生』を読んだ。きっかけは所属する読書会で、次回読む本として指定されたからである。

近くの公園にやってきた自動車図書館で、予約してあったその本を借りた。その場でパラパラとページをめくっていたら、こんな文章が目に飛び込んだ。

「八十を過ぎたら、なんだか医者の扱いに手抜きが見えてくる。」

そうか、あの耳鼻科の医者が鼻の手術を拒んだのは、手抜きだったのか。さらに次のようにもあった。

「タフですねと言われるようになったら、身体に気をつけなさいよ。」

「いつも元気ですね」といわれて、悦に入っていた自分が恥ずかしかった。妻が言ったように、もう歳ですから気をつけなさいという、裏の意味が読み取れなかったのだ。

「あの人はいい人だって言うと、その人はいい人になる努力をするんですね。」

これ、自分のことかと思った。褒められ煽てられると、人はその褒め言葉に迎合し、期待を裏切らぬよう努力するものだ。わたしも人から「優しい人ですね」と言われて、それなりの品位を保つようにしてきた。それはいい。ただ、続く一文がショックだった。

「それで早死にするんです。」

これって、期待させておいて、それを裏切る逆転の発想ではないか。ことわざの常套手段だ。西洋のことわざにいう「神に愛される者は若死にする」と同じだ。「憎まれっ子世に憚る」の反対である。なんとまあ、穿った見方をする本だ。でも、用心を呼びかけているのに変わりはない。

さらに、皮肉な言葉がつづく。

「病人が集まると、病気の自慢をするんですよ。もちろん、重い人が尊敬されるんです。」

「ある人は、がんは人間の誇りにもっとも相応しいという。」

がんはいわば百病の王である。肺炎で死ぬより、がんで死んだほうが立派に見える。そんながん細胞を体内に持っているだけで、人は名誉に思うのだろう。ましてがんを克服したとなると、この上もない誇りである。十数年前、前立腺がんの手術を受けたわたし自身も、ときどきそう思ったことがある。

さて、家に帰ってゆっくり読み始めると、この『大往生』には生老病死について、永六輔をはじめ、さまざまな人たちの名言が次々と出てくる。多くの人が自分の老いと向き合い、やがて訪れる死を誠実に受け止めようとする態度に心打たれた。

タイトルの「大往生」という言葉が、至るところにある。

「当人が死んじゃったということに気がついていないのが、大往生だろうね。」

知らないうちに死んでいる、これは、わたしが理想としていた死に方と一致している。

わたしの叔父は、朝起きて、夜中に飲んだお茶のセットをキッチンへ運ぶ途中の廊下で、ひざまずいたまま事切れた。まさか死ぬとは考えたこともないまま、満九十六歳のまさに「大往生」であった。この叔父のように死ねたらいい、とわたしはつねづね思っていた。

しかし、よく考えてみれば、こんな死に方は、本人にとってはいいかもしれないが、周りの者には大きな迷惑をかけることになる。死は本人の、というよりむしろ後に残された者の問題であるからだ。

突然死は、心身の不調によるものだけではない。地震、台風、交通事故など、死の危険は至るところにある。そんな死に遭遇したとき、家族はどうなるのか。その疑問には、次の文章が答えてくれる。

「アメリカの企業の責任者は八五パーセントが遺言状を書き、日本では八五パーセントが無関心だという。遺言状を書いてみると、自分が何を大切に生きているかも確認できるから、この本を読み終わったらすぐにでも（書きなさい）。」

しかし、いつも書こうと思いながら書けないのが、遺言状である。当時六十歳そこそこの永六輔も、対談している山崎章郎医師も、まだ書いていないという。なぜなら、まだ死なないと思っているからだとあった。だが、八十二歳で逝った彼は、もう死なないとは思っていなかったはずだから、たぶん書いていたであろう。彼の年齢をはるかに超したわたしは、「すぐにでも」書かねばならないとは思うのだが――、悲しいことに、それがなかなかできない。

「最後のときに頼るものは、海外では宗教が50パーセントですが、日本では半分以上が財産だという。」

多くの日本人は、たとえ遺言状を書かなくても、わずかながらでも残すべきものがあれば、それが遺族の支えになると思い、安んじて死んでいくのかもしれない。

ただ、言い訳がましいが、私的な遺書めいたものは残してある。自分史である。エンディングノートほど整ってはいないが、家族や子孫はわたしのこれまでの生き様や気持ちを読みとってくれるはずである。それは、いわば心の財産である。

永六輔が自分の父を偲んで詠んだ詩も、このこととは無関係ではないだろう。

「生きているということは／誰かに借りをつくること／生きてゆくということは／その借りを返してゆくこと／誰かに借りたら／誰かに返そう／誰かにそうしてもらったように／誰かにそうしてあげよう」

人は生きていること自体に感謝するという。感謝は大切なことである。ただ、それは言葉だけであってはならないだろう。感謝に値することをしてもらったら、相手に感謝してもらうだけのことをしてあげようと、この詩はいう。感謝は言葉でなく、行為で表そうというのだ。生きているうちはそれができる。だが死んでいく自分のできることは何か。それは世話になった人に、自分の残したもののなにがしかを贈ることではないか。

ところで人間は、病床にあっていよいよ死が目前に迫ったとき、どのように思い、どのような反応を示すであろうか。心を打つフレーズがいくつかある。

「大往生というのは死ぬことではない。往って生きることである。西方浄土に往って生まれるのだ。」

なるほどと思う。生きることが死を見据えてのことならば、死ぬることは生きることの連続である。そのように悟ることができれば、いたずらに死を怖れることはないし、また宮沢賢治の詩にあるように、「南に死にそうな人があれば、行ってこわがらなくていい」と、勇気づけることができるだろう。

ここに、死をまったく怖れていない人がいた。黒柳徹子の語る女優賀原夏子である。「がんで亡くなった女優の賀原夏子さんは、『いよいよ死ぬと思うとドキドキする、初めてのことって面白い』と仰っていたそうです。」

彼女は怖れるどころか、感動しながら死を迎えている。人間は、時間と資力と体力があればたいていのことは経験できるが、死だけは経験することができない。しかし、彼女は違う。死を経験として受け入れた上で、演技に生かそうとする、見事な役者魂である。何が彼女をそうさせたのか。彼女は「いよいよ死ぬと思う」といっているが、実は本当には死ぬとは思っていないのではないか。同じ疑問を永六輔も持ったようだ。彼は山崎章郎医師との対談で、こう尋ねている。「自分が死を迎えるとき、『さあ死ぬぞ』と意識するものですか。」

山崎医師の答えは、およそ次のようであった。ある三十五歳の女性は、乳がんの再発で酸素呼吸器をつけながらも、死の二日前までは退院後にしたいことを語っていた。しかし亡くなる一日前になると、死期を悟り、家族に最後の言葉を言い残し安らかに逝ったという。

人間は、最後の土壇場になってようやく自分の死を認めるが、それまでは何とか生きぬこうと願うものかもしれない。山崎医師は続けて語る。

「日本人は信仰を持っていない。だから何で救われるかというと、患者と周りの人たちとの深い友情関係から生まれる『愛』で救われるのではないか。」

神の国へ行けると信ずることがキリスト教徒の救いとなるが、神の国を信じない日本人にとって救いとなるのは、自分を取り巻く家族や親しき者との間に築かれた愛の絆である。愛があるからこそ、死に臨んで安らかな大往生を遂げることができるというのである。

最後に永六輔は、次の詩を書いている。

人は必ず死にます
そのときに生まれてきてよかった
生きていてよかったと思いながら
死ぬことができるでしょうか
そう思って死ぬことを
大往生といいます

わたしの人生にも、いま思い起こせば、楽しいこと、嬉しいこと、幸せなこと、満足なこと、得意になったことなどいろいろあった。だが同じように、苦しいこと、厭なこと、悲しいこと、不満なこと、恥ずかしいことなど、それに劣らず多々あった。

過ぎ去りし日々を彩ったこれらの体験の光と影は、いまや一体となって絵巻物のように脳裏に蘇る。わが人生に悔いはなかったのだ！　それをもし大往生と呼ぶならば、わたしにもそんな死に方ができるかもしれない。

《創作》

（童話）　少年とヘビ

ことし小学校三年生になる太一は、名前ににあわず、ひょろひょろにやせて、そのうえとても気のよわい少年でした。

学校では、友だちもすくなく、昼休みの時間はたいてい校庭のかたすみで、コマまわしをして遊んでいました。

そんな太一は、よくいじめられました。とくに太一にいじ悪をしたのは、ガキだいしょうの五郎でした。五郎は大きなからだをしていて、いかにも強そうでした。五、六人の子分をひきつれ、いばっていました。

ある日の昼休みに、太一が運動場でいつものようにコマまわしをしていると、五郎があらわれました。「おい、そのコマ、貸せよ」といって、そのままもっていってしまいました。

太一はくやしかったのですが、けんかするゆうきもないので、どうしようもありませんでした。

太一の家のうらには、竹やぶがありました。ある日、太一はそこでヘビの巣をみつけ、トカゲぐらいの大きさのヘビを二ひき、つかまえました。

うちにもって帰り、とりかごで飼うことにしました。学校から帰ると、ミミズやムシなどをつかまえては食べさせていました。ときどき、外へだしてあそんでやりました。ヘビは手のひらにのせると、じっとしているし、床の上におくと、そろそろとはったりします。

だんだん大きくなり、二十センチほどになる頃には、ひとときも手ばなせないほど、かわいくてしようがなくなり、とうとう学校へもっていくことにしました。

ある日の休み時間に、太一はもってきたヘビを二ひき、ポケットから出して、つくえのうえにおきました。となりの女の子がキャーッと大声をあげました。

みんながよってきました。ガキだいしょうの五郎もおそるおそるのぞいていましたが、ヘビがこわいので手も足も出ません。

太一はみんなの目の前で、ヘビをつくえの上にはわせたり、シッポをつかまえてふりまわしたりしました。みんなは逃げていき、遠くからこわごわ、ヘビとあそぶ太一を見ていました。

太一はまいにち、ヘビをポケットに入れて学校へかようようになりました。みんなの太一を見る目がちがってきました。

太一はもはや、教室で小さくなっていた少年ではありませんでした。太一はいつのまにか、クラスの人気者になっていました。

そんなある日、じゅぎょう中に、まどから一ぴきのガが入りこんできて、太一のつくえにとまりました。太一はガがだいきらいでしたので、ひめいをあげました。

先生がとんできてガをつまみ、まどからそとへ投げてくれました。

「太一はやっぱり、おくびょうものー」

と、みんなはささやき合いました。

それから二、三日たってからのことです。朝、太一が教室へきて、自分のつくえの引き出しに手をいれると、なにかゴソゴソ動くものがいるように感じられました。びっくりして手をひっこめ、なかをのぞきこむと、いるわ、いるわ、何十ぴきものガがひしめいていました。

あまりのことに、太一はびっくりぎょうてん、気をうしなってしまいました。

気がつくと、太一はほけん室で寝ていました。そばにいた先生は、太一の気がついたのを見て、いいました。

「気がついてよかった。きみはよほどガがきらいなんだね。じつは、五郎たちがあのガをきみのつくえに入れたんだよ。叱っておいたからね」

「せんせい」

と太一はいいました。

「五郎君を叱らないでください。悪いのはぼくです。ぼくがヘビをもってきてみんなをこわがらせたので。そのしかえしをされたのです」

そういったとき、はじめて太一はポケットに入れておいたヘビのことに気づきました。

あわてて手をいれて探してみましたが、ポケットの中はもぬけのから、なにもいません。気をうしなったさわぎのとき、どこかへ逃げ出したにちがいありません。

ほけん室から教室にもどった太一はあたりを探してみましたが、ヘビはかげも形もありませんでした。きっとどこかの草むらか、竹やぶに逃げたのでしょう。

ヘビとガのさわぎは終わり、教室にはまた前のように静けさがもどりました。

でも、なにかが変わりました。あれから太一は、学校へコマもヘビも、もってくることはありませんでした。

そしてガキだいしょうの五郎は、もう太一をいじめたりしなくなりました。

太一はもう、以前のような引っこみじあんの少年ではなくなりました。


〈おわり〉

（小説）　ラブレターのトレース

この創作は、十八歳のとき名古屋経済専門学校の学生新聞に「砂利道」と題して発表した小説に、少しばかり手を加えたものです。やや気負いや幼稚さが目立ちますが、その頃の気持ちを尊重し、表記を含め、なるべく原文を生かしました。

まえがき

ある夏の一日、わたしは数年ぶりに母校であるK高校の同窓会に出席した。

同窓会は、毎年、K高校のあるK市かその近郊で行われていた。その日はほかに用事もあったので少々遅れ、会場のホテルについたときには、会はすでに始まっていた。

今回、参加した目的の一つは、もうだいぶ会っていない親友の健一に会うことであった。ところが健一はあいにく欠席で、幹事の話によればなんでも自転車事故で左足を骨折し、家で寝ているという。そこで、会が引けてから、同じK市のホテルからあまり遠くないところに住む彼を見舞うことにした。

あらかじめ電話しておいたので、奥さんが門の外まで出迎えてくれ、彼の寝ている寝室に案内してくれた。

見ると、思ったより元気そうで、すぐ布団に起きあがり、旧友たちの現況を尋ねてきたので、わたしは今しがた知った彼らの様子を聞かせたりした。

その夜、わたしは夫妻に請われるままに彼の家に泊まることになった。夕食後、布団を並べて寝ながら遅くまで話しこんだ。幼年時代や少年時代、大学生活、職業のことなど、彼はいろいろなことを語ってくれたが、わたしにもっとも興味のあったのは、彼ら夫婦の馴れ初めから結婚にいたるまでのいきさつであった。

次は、その夜彼の語った話である。やや物語風の体裁をとってはいるが、脚色などは一切なく、あくまでも事実であることをお断りしておく。

拾った手紙

土曜日の夜、〈すみれ会〉が終わり、健一は仲間のものより少し遅れて寺院を出た。住職に頼まれていた家庭教師の件を打ち合わせるためであった。

〈すみれ会〉というのは、健一の住む地域の自治会のなかにある組織で、二十人ほどの若い男女が所属し、毎週土曜日の夜、その地方随一の古刹、G寺院で文化懇話会を持っていた。

懇話会では、文学、哲学、人生など、何でもありのテーマで、ときどき講師を招いて話を聞いたり、自分たちだけで意見の交換会をしたりしていた。

健一がこの会の存在を知ったのは自治会の広報であったが、直接加入のきっかけになったのは、近所に住む幼友達である美代の勧めによるものだ。

美代とは中学まではいっしょに通った仲だったが、高校と大学は別々になったため、あまり顔を合わせる機会もなくなっていた。それがある日バス停で偶然出会って誘われるままに、美代の所属している〈すみれ会〉に入会したのである。

夜はかなり更けていたが、裏門から庫裏まで延びた砂利道は満月の光を浴びて、真昼のように明るかった。

健一が砂利道をちょうど真ん中あたりまで来たとき、足下で何か白い物が目を引いた。立ち止まってみると、一通の白い封筒が青い月の光にさらされていた。たぶん誰かが落としたのであろう。拾い上げてみると、それはきちんと糊づけされており、中には二、三枚の便箋が入っているようだ。封筒の紙質はいかにも高級感をただよわせ、上品なしま模様に四つ葉のクローバーが描かれている。しかし不思議なことに、宛名が書かれていない。

〈なにか大事なものらしいな――。まてよ、ひょっとすると恋文かも？〉

そんな考えが脳裏をよぎったのは、恋文を書くとき幸運を願って四つ葉のクローバーの封筒を使うという話が、週刊誌などでは取り沙汰されていたことを思い出したからだ。

だが次の瞬間、健一はそんな子供じみた空想に思わず苦笑した。封筒を住職に渡そうと思い、庫裏に引き返そうとした。するとそのときである。ほのかな香水の匂いが鼻を打った。匂いの源は、どうやら封筒のようである。

ふたたび先刻と同じ疑問にとらわれたが、健一はもう笑わなかった。彼は封筒をポケットに入れると、本能的にあたりを見まわした。四囲はなんの異変もなく、ただ青い月光が木々に砕けているだけである。彼は逃げるようにして、裏門を出た。

寺から家に帰るまでには、途中で大きなY川の堤防沿いの道を通らなければならなかった。その川底に沈んだ幾千もの星くずを眺めると、いつもは議論の興奮が覚めやらぬままに、文芸や学問の悠久の世界が偲ばれ、学ぶ意欲や生きる希望が沸々とわき起こったものだ。

しかしその夜は違っていた。星くずは不気味な光を放ち、まるで彼を地の底に引きずり込むようであった。暗い堤防を歩むにつれ、次第に気が滅入ってきた。むろん自責の念もあったが、それよりも、こうせざるを得なかったことに、自分の意志ではどうにもならない、大きな宿命的なものを感じていた。

そのせいか、部屋にもどるやすぐに開いた手紙のなかに、万年筆ながら水茎の跡うるわしい、控えめではあるがはっきりした愛の告白を読みとったときも、彼は割に無感動だった。予感が的中したことにも、たいした興奮はなかった。心にみなぎっていたのは索漠とした虚無感であった。

ところが、最後の行に目をやったとき、それまでの醒めた感情は一瞬にして吹き飛んだ。眼に飛びこんできたのは、次の文字であった。

「健一様まいる　美代」

数日が過ぎた。その間、健一の脳裏には二つの矛盾する思いが渦まいていた。ひとつは、彼のロマンチックな気質がそうさせたのであろうか、あの手紙は実際に美代が書いたのではなかろうか、という憶測であった。もうひとつは、彼の現実的な判断が示唆するもので、だれかいたずら好きの友人が偽造したのではないかという疑惑であった。

しかし、この疑惑は不愉快であった。こんな手の込んだいたずらをして陰でほくそ笑んでいる友人がいると想像すること自体が、健一にはやりきれなかったのだ。

それよりは、じっさい美代が書いてくれていたほうがよいのだ。事実、そう考えられないこともないと思った。つまり、美代は健一に手渡す前に不注意にも落とした、もしくは健一に拾わせるように故意に放置しておいたのだと――。

しかし、それはいかにも的はずれの考えのようであった。というのは、たとえそう考えられたとしても、果たして彼女がそれを書いたかどうかという肝心なことになると、依然として藪の中である。彼女の筆跡を健一が知っていれば問題は一挙に解決されるのだが、残念ながら健一はそれを知らなかった。

考えあぐねた末、健一はきまって美代のありのままの姿を思い浮かべるのであった。彼女はすみれ会の例会で、愛とは何か、人はいかに生きるべきかなど、さまざまな問題について健一と議論を闘わせたものである。

仲間の下馬評では、勝敗の帰趨は明らかに彼女のほうに分があった。それほど頭の回転も速く、男勝りの彼女ではあったが、また反面、やさしく繊細な神経も持ちあわせていた。

日ごろの美代を考えれば、あのような形で愛の告白をする女性とはとうてい想像できない。必然、これは健一をからかうために、誰かの仕組んだ悪戯と取らなければならない。そう思えば救われた気持ちになるが、反面少なからず寂しくもある。そんなとき、健一は美代を一種の二重人格者に見立てる。すると、胸を躍らせながら恋文を書き綴る美代の姿が、彷彿として浮かぶ。

ある夜、健一は大学の先輩で、すでに社会人である木村を下宿先に訪ねた。木村はプレーボーイの噂が高かったが、健一とはウマが合うというか、一脈相通じるものがあって、会合の席でもよく彼とは語り合ったものだった。

「仮に女が男と恋に落ちたとしたら、すっかり理性を失うものですか」

それは、あの夜から健一の心に去来していた疑問であった。

「そうね、女性といっても個々に違うから一概には言えないよ。しかし、これだけは言えるね。女性は燃えるまでは冷ややかだが、いったん燃えると理性も何もかも失うものだ」

美代は、あるいは木村の言うごとく、燃え上がった状態にいたのかもしれない。だとすれば、彼女が恋文をしたためるのに何の不思議もない。が、木村の言葉も、けっきょくは空しいものであった。どう見ても、美代がそんなに燃えているはずはなかったからだ。

「では、女性が自分を慕っているかどうかを見分けるには、どうすればいいのですか」

「恋愛で頼りになるのは、理性ではなく、直感だよ。直感が及ばなかったら、詮索したって無駄だよ。これが僕の意見さ」

こと女性問題になると、木村はなかなか雄弁になる。

「ところで、きみ、だれか好きな人が見つかったかね」

「そんな人、いませんよ」

不意をつかれて、健一はどぎまぎした。

「ムキになるところを見るとあやしいな。でも、いてもいなくてもいいや。とにかく勇気を出して進むことさ――」

そう言いながら木村はニヤリと笑い、健一の肩をたたいた。

木村の家を辞したときは、もう夜の十時を過ぎていた。途中で降り出していた雨は、次第に激しさを増していた。ときどき、暗い路地を稲妻が照らした。その光を追って、雷鳴が轟いた。

走りながら、健一はふと思いついた。あれは、木村の仕業ではないだろうか？　そう考えてみれば、先ほどの木村のからかうような口ぶりには、疑わしい節がないではなかった。それに、最近休みがちな木村は、あの晩久しぶりにすみれ会に出席していたではないか。

「まさか？」

健一は、吐き出すように言った。しかし、いかにもそれは木村の仕かねまじき振る舞いのように思えた。

〈そんなはずはない〉

健一はその考えを振りはらうように、雨のなかを夢中に駆けた。だが、いったん生じた疑念は、うち消してもうち消しても不気味に頭をもたげてきた。激しい風雨に混じって、ときおり響く雷鳴は、まるで木村の高笑いのように健一には聞こえた。

恋の炎

台風一過、翌朝の空は透明なほど澄みわたっていた。健一は駅で列車を待っていた。

「健一さん、お早う。今日はどこへ？」

ふり返ると美代であった。健一もお早うといったが、その声は引きつった喉の奥で変にしわがれた。

「いやに沈んでいるのね――。どうかした？　あなたの大学はもう夏休みでしょ」

「うーん、……でも今日は野暮用。できの悪い子の家庭教師さ」

「いいわね、あなたは英文科だから――。国文科のわたしなど、家庭教師の口なんて、頼んだってないわよ」

健一は、思わず苦笑いを浮かべた。そして、なんだか晴れ晴れとした気持ちで、反対方向の列車を待つ美代と別れ、改札口を出た。

恋文はやはり、木村のやったことに違いなかった。それはほとんど動かしようのない確かさで、健一に迫った。彼はここ数日、胸中にくすぶっていた不安と疑惑が消え去るのを覚えた。

それから数日後、健一は木村の退社時間を見計らって、勤め先の新聞社に彼を訪ねた。

「木村さん、あなたでしょう、手紙を書いたのは――」

単刀直入であった。

「おや、おや、何をいうかと思ったら――。でも、やっぱりバレるよな。あんな幼稚なことは――」

悪びれた様子もなく、木村は言ってのけた。

「ひどいですよ。何故あんなことをしたのですか。ぼくは痩せる思いでしたよ」

「ごめん、ごめん。きみがあんまり真面目だったものだから――。つい悪い癖が出たよ。ぼくは偽悪趣味でね。なんでも聖らかなものを見ると、つい汚したり、からかったりしたくなるのさ」

そう言って、木村は健一の許しを求めた。木村に悪意のないことは分かっていた。許すも許さぬもなかった。このとき、健一はもうそんなことには拘泥しておれない気持ちになっていた。

それまで、健一は美代を異性として意識したことはなかった。美代は、純粋無垢という言葉は彼女のためにあるのではないかと思わせるような女性であった。むろん、健一はそんな彼女が好きであった。しかしそれは、友情以外の何ものでもなかった。

だが、そんな情況に変化が生まれていた。たとえ誤解であったにせよ、一度は美代に愛されているかもしれないという意識を脳裏に植えつけたときから、彼の深層心理は微妙に変わりはじめていた。美代を意識すると、われ知らず心臓が高鳴ったり、ときには胸が締めつけれられるような息苦しさを感じたりした。

健一には、その感情に覚えがあった。小学生二、三年生の頃、同じクラスの副級長をしていた女の子に抱いたのと似た感情であった。その子も利口な子で、健一とは学業成績のトップ争いをした相手であった。あれは、自分の初恋であったかもしれないと、健一は思った。すると今度のこの気持ちは何だろう、二番煎じの初恋か。いや、あれは疑似恋愛で、これこそが本当の恋ではなかろうか、健一の心は揺れつづけていた。

ある夜、愛読する作家の随筆を読んでいるとき、次の文章が目に留まった。

「事実をありのままに書いても、それは真実にはならない。真実というものには、人を納得させる仕掛けが必要である。それがフィクションである。フィクションは単なる嘘ではない。夢を見るからこの現実は美しくなる。フィクションがあればこそこの人生はいっそう真実味を増す」

フィクション……真実……無意識のうちに、健一はそれらの言葉をノートに書き写していた。

そのときである、数日前から心の一隅にくすぶっていた考えを断行しようと決意したのは――。

恋文の仲立ち

翌日、健一は美代といっしょに近くの田舎道を歩いていた。

沈みかけた太陽が西の空を赤く染めている。頭上には雁が列をなして舞っていた。西の地平線に近づくと、雁は影絵のように黒くなっていく。

「美代、きみは覚えているかい、ぼくにくれた手紙のことを――」

「手紙のこと？　ああ、中学時代に一度あなたに絵葉書を送ったことがあったけど、あのこと？」

「いや、違う。この手紙なんだが――」

健一は少なからず慌てて、あの夜拾った手紙を取り出した。無論、木村の書いたものだ。

「実は、ぼく――、ゆうべ夢を見たんだ、きみがこの手紙のことをすっかり忘れてしまったという――。何だかこう、不安になってね。それで聞くんだけど――」

しどろもどろだった。

怪訝な面もちで封筒を眺めていた美代は、健一の言葉が終わると、落ち着かない様子で言った。

「……夢の話ね、じゃあ知らないはずだわ」

「いや、手紙そのものは、夢の話ではないんだ――。やはり、きみは忘れたんだ。ねえ、これ――読んでくれないか。そうしたら、書いたこと、思い出すかも――」

「……でも、わたし――」

「と、とにかく、読んでくれよ。きみが書いたに違いないんだ」

健一は、必死であった。

美代は、なおも躊躇するようであったが、それでもやがて意を決したかのように、立ち止まって封を開いた。

彼は、ほっとして暮れ初めた西の空を見上げた。体はしかし、おかしいほどぶるぶる震えた。間もなく、美代は読み終わったらしく、健一の後ろへ近付いた。それが、背中に集まった全神経によって感じられた。

「……読んだ?」

増えゆく星くずを眺めながら、彼は思いのほか淡々と尋ねた。

「……ええ」

「……やっぱり?」

「……やっぱり、思い出したわ。わたしが——、わたしが書いたのよ」

美代が呟くように言ったとき、流れ星がひとつ、宵空に長く尾を曳いた。

あとがき

健一が語り終わったとき、すでに深夜を過ぎていた。しかしわたしは眠くなるどころか、頭は冴えきっていた。拾った恋文から二人が結ばれるにいたった恋の曲折に、わたしはいたく感動していた。

しばらく沈黙が続いたあとで、わたしは口を開いた。

「禍いを転じて福となしたね。他人に焚きつけられた恋の炎に、身を焼かれたというわけか。でも、ニセ手紙ぐらいで、本当の恋が芽生えるものかな？」

「そうなんだ。実はね、おれもそう思って、昔のことをふり返ってみたんだ。するとやっぱり、中学時代から彼女が好きだったんだ。それに気づかなかった――というより気づかない振りをしていたね、若さの見栄かも――」

「うん、わかる。でも、思い切ったことをしたもんだ」

「そうだよ、ねつ造した手紙をもとに芝居仕立ての愛の告白――、人にはねつ造の屋上屋に見えるかもね」

「でも、お前がさっき語った『真実はフィクションだ』という言葉、いちばん当てはまるのはやはり男女関係だね。というより、男女の愛はフィクションそのものよ。フィクションなしには結婚もありえないしね」

「うん、その通りだ」

「ところで、ふと思ったんだが、ひょっとしたら木村さんは、お前の潜在意識に気づいて、二人を結びつけようとしたのではないかね」

木村さんはいたずらピエロではなく、愛のキューピッドにわたしには思えた。

「うん、あるいはそうかもね」

「そうだとしたら感謝しなくちゃ——。彼には、ニセ手紙の後日談を報告したの?」

「いや、してない。……また、することもない」

健一はしばらく目をとじてから、ゆっくり言葉をつづけた。

「われわれが愛を告白し合ったあの日の夜だった、木村さんが交通事故で亡くなったのは——」

わたしが運命の残酷さに震撼したのは、後にも先にもその時以外にない。


〈おわり〉

おわりに

　昭和初期に生まれたわたしは、戦中と戦後という苦しい時代を生きてきました。少年時代のわたしは、敗戦で恥じることもなく前言を翻した先生たちに失望や反発を覚えながら、将来先生にだけはなるまいと決意しました。しかしけっきょく先生になってしまったわたしは、当時の生徒の皆さんにはまことに申しわけなく思いますが、自分の運命を恨みながら、いい加減な先生稼業を続けたものでした。

　しかし教育の現場は、そんないい加減な教師の存在を許すほど甘いものではありませんでした。わたしの中にあったデモシカ教師根性を否定し、最初に教師とは何かに気づかせてくれたのは、厳しい環境のなかで学んでいた名古屋西高校定時制の生徒諸君でした。次いでわたしを鍛え直してくれたのは、同校全日制の先生方の集団であり、教育の民主化運動に尽力している組合員たちでした。

　このようにして、つたないながら教育活動を続けているうちに、わたしは次第に教師になったことに誇りを感じるようになっていきました。それと同時に、教えることを通じてわたしの心には、学問に対する情熱が再燃し始めました。教える傍ら、教育や文学についての論文を書いたりしました。

　公立高校を辞めて私立短大に移ってからは、文学研究もさることながら、もっぱら英語ことわざの研究を続け、それがライフワークとなって現在に至っています。その来し方の詳しくは、本書と同時刊行の『九十翁の教職一代記』に記しました。

九十歳の今顧みるに、わたしの一生は教えることと学ぶことの連続でありました。そして新たに学んだことを広く伝えること、つまり出版して全国の皆さんに英語ことわざの魅力を知ってほしいというのが、最近のわたしの仕事になっています。健康はやや不調とはいえ、何とか今日まで仕事を続けられたのは、わたしを支えてくれた妻ながが子であると感謝するところです。

最後になりましたが、これまでお読みいただいた読者の皆さんに、心より感謝申し上げます。昭和の苦しい時代を共に歩んだ方々はもちろん、平成に生を受け戦争を知らない方々にも、人にものを教えることや自ら学ぶことの苦しさと楽しさ、そして大切さに少しでも共感していただけたら、著者としてはこれに過ぎる喜びはありません。また本書に書かれたエピソードやエッセイのように、ことわざの知恵や考え方を生活に取り入れていただけるなら、いっそう嬉しく思います。

なお、本書を出版するに当たって、樹林舎の山田恭幹さんや三輪由紀子さんほかスタッフの皆さんに、内容や表現のチェックを始め編集・校正全般についてお世話になりましたことを感謝し、厚く御礼申し上げます。

安藤 邦男（あんどう くにお）

昭和四年、三重県久居町（現津市久居新町）生まれ。春日井尋常小学校、愛知県小牧中学校（旧制）、名古屋経済専門学校（現名古屋大学経済学部）、名古屋大学文学部英文科を各卒業、同大学院文学部を中退する。英語教師として愛知県立名古屋西高校、同千種高校、同昭和高校、同旭丘高校に勤務。定年退職後、市邨学園短期大学で英語を教える。同大学退職後は、地域の様々な団体やサークルで講師のボランティア活動をする傍ら、著作活動に励む。

著書に『自由と国家』(共著・山手書房・昭和59年)、『英語コトワザ教訓事典』(中日出版・平成11年)、『テーマ別 英語ことわざ辞典』（東京堂出版・平成20年）、『エドガー・アラン・ポオ論ほか』（英潮社・平成21年）、『東西ことわざものしり百科』（春秋社・平成24年）、『やさしい英語のことわざ 全四巻』（共著・くもん出版・平成30年）、『ことわざから探る 英米人の知恵と考え方』（開拓社・平成30年）などのほか本書と同時刊行の『九十翁の教職一代記』（人間社）がある。また、インターネットにホームページ「英語ことわざ教訓事典」を公開している。現在「ことわざ学会」会員。名古屋市名東区在住。

九十翁のことわざ人生

2019年11月10日　　初版1刷発行

著　　者　安藤 邦男

編集制作　樹林舎
〒468-0052　名古屋市天白区井口1-1504-102
TEL:052-801-3144　FAX:052-801-3148
http://www.jurinsha.com/

発 行 所　株式会社人間社
〒464-0850　名古屋市千種区今池1-6-13　今池スタービル2F
TEL:052-731-2121　FAX:052-731-2122
http://www.ningensha.com

印刷製本　モリモト印刷株式会社

ISBN978-4-908627-47-7 C0095
＊定価はカバーに表示してあります。
＊乱丁・落丁本はお取り替えいたします。